AS
TENTAÇÕES
DE SANTO ANTÃO

GUSTAVE FLAUBERT

AS TENTAÇÕES DE SANTO ANTÃO

com 42 reproduções das litografias de Odilon Redon

Tradução
Luís de Lima

Com textos de
Paul Valéry
Contador Borges
Denis Bruza Molino

ILUMI//URAS

Copyright © 2021 desta edição
Editora Iluminuras Ltda.

Copyright © 2003 desta tradução
Editora Iluminuras Ltda.

Título original
La Tentation de Saint Antoine (1874)

Capa e projeto gráfico
Eder Cardoso / Iluminuras
sobre *A morte verde*, de Odilon Redon. Óleo sobre tela, [54 x 46 cm], 1905.

Revisão técnica
Contador Borges

Revisão
Ariadne Escobar Branco
Monika Vibeskaia

CIP-BRASIL CATALOGAÇÃO NA FONTE
SINDICATO NACIONAL DOS EDITORES DE LIVROS, RJ
F616t

    Flaubert, Gustave, 1821-1880
  As tentações de Santo Antão / Gustave Flaubert / tradução Luís de Lima. – [2. edição] – São Paulo : Iluminuras, 2021

  Tradução de: La tentation de Saint Antoine (1874)
  Conteúdo parcial : As tentações de (São) Flaubert / Paul Valéry – A santidade em crise / Contador Borges – Redon e Flaubert : tentações cruzadas no Santo Antão / Denis Bruza Molino

  ISBN 978-65-5510-072-4

  1. Romance francês
  I. Lima, Luís de, 1929-2003, II. Título

04-0420   CDD 843
CDU 821.133.1-3

2021
Editora Iluminuras Ltda.
Rua Inácio Pereira da Rocha, 389 - 05432-011 - São Paulo - SP - Brasil
Tel. / Fax: 55 11 3031-6161
iluminuras@iluminuras.com.br
www.iluminuras.com.br

ÍNDICE

A TENTAÇÃO DE (SÃO) FLAUBERT, 9
Paul Valéry

AS TENTAÇÕES DE SANTO ANTÃO

I, 17
II, 31
III, 49
IV, 61
V, 123
VI, 169
VII, 179

APÊNDICE

A SANTIDADE EM CRISE, 217
Contador Borges

REDON E FLAUBERT: TENTAÇÕES CRUZADAS NO SANTO ANTÃO, 239
Denis Bruza Molino

A TENTAÇÃO DE (SÃO) FLAUBERT[1]

Paul Valéry

Confesso ter um fraco por *As tentações de Santo Antão* (*La tentation de Saint Antoine*).

Por que não declarar em primeiro lugar que nem *Salambô*, nem a *Bovary* jamais me seduziram, uma por suas figuras eruditas, atrozes e suntuosas, a outra por sua "verdade" de mediocridade minuciosamente reconstituída?

Flaubert, e sua época, acreditava no valor do "documento histórico" e na observação completamente crua do presente. Mas eram ídolos vãos. O único real na arte é a arte.

Sendo o homem mais honesto do mundo, e o artista mais respeitável, mas sem muita graça nem profundidade no espírito, Flaubert não tinha qualquer defesa contra a fórmula tão simples proposta pelo Realismo e contra a autoridade ingênua que quer se basear em imensas leituras e na "crítica dos textos".

Esse Realismo, de acordo com os hábitos de 1850, distinguia muito mal entre observação precisa, como a dos sábios, e a constatação crua e sem escolha das coisas, de acordo com a visão comum; ele as confundia, e sua política as opunha identicamente à paixão pelo embelezamento e pelo exagero que denunciava e condenava no Romantismo. Mas a observação "científica" exige operações definidas que possam transformar os fenômenos em produtos intelectuais utilizáveis: trata-se de transformar as coisas em números, e os números, em leis. A Literatura, ao contrário, que visa efeitos imediatos e instantâneos, quer um "real" completamente diferente, um real para todos, que não pode, portanto, distanciar-se da visão de todos e do que pode ser expresso pela linguagem comum. Mas a linguagem comum está na

---

[1] Introdução a *Tentation de Saint Antoine*, por Gustave Flaubert, Paris, J.G. Daragnés, 1942. In *Variedades*, 2. ed., Maiza Martins de Siqueira (trad.). São Paulo, Editora Iluminuras, 1999, p. 77.

boca de todos, e a visão comum das coisas não tem valor, como o ar que todos respiram, enquanto a ambição essencial do escritor é, necessariamente, distinguir-se. Essa oposição entre o próprio dogma do Realismo — a atenção no banal — e a vontade de existir como uma exceção e personalidade preciosa teve o efeito de excitar nos realistas o cuidado e os requintes do estilo. Eles criaram o estilo artístico. Empregaram na descrição dos objetos mais comuns, às vezes dos mais desprezíveis, requintes, deferências, um trabalho, uma virtude admiráveis; mas sem perceber que, dessa forma, estavam trabalhando fora de seu princípio, e que inventavam um outro "real", uma verdade fabricada por eles, totalmente fantástica. Na verdade, eles colocavam os personagens mais vulgares, incapazes de se interessarem pelas cores, de encontrarem prazer nas formas das coisas, em ambientes cuja descrição havia exigido um olho de pintor, uma emotividade de indivíduo sensível a tudo o que escapa a um homem qualquer. Esses camponeses, esses pequeno-burgueses, portanto viviam e movimentavam-se em um mundo que eram tão incapazes de ver quanto um ignorante de decifrar um texto. Se falavam, suas parvoíces e suas intenções estereotipadas inseriam-se no sistema estudado de uma linguagem rara, ritmada, ponderada palavra por palavra, que sentia esse respeito por si mesma e essa preocupação em ser notada. O Realismo acabava, finalmente, dando a impressão do artifício mais intencional.

Uma de suas aplicações mais desconcertantes é aquela à que fiz alusão há pouco e que consiste em tomar como "realidade" os dados oferecidos pelos "documentos históricos" sobre alguma época mais ou menos distante e em tentar construir sobre essa base de texto uma obra que dê a sensação do "real" daquele tempo. Nada me é mais triste do que imaginar a quantidade de trabalho gasta em montar um conto sobre o fundamento ilusório de uma erudição sempre mais inútil que qualquer fantasia. Toda fantasia pura procura sua fonte no que há de mais autêntico no mundo, o desejo pelo prazer, e encontra seu caminho nas disposições ocultas das diversas sensibilidades de que somos compostos. Só se inventa o que pode e quer ser inventado. Mas os produtos forçados da erudição são necessariamente impuros, visto que o acaso que fornece ou recusa os textos, a conjuntura que os interpreta, a tradução que os trai misturam-se à intenção, aos interesses, às paixões do erudito, sem falar das do cronista, do escriba, do evangelista ou dos copistas. Esse gênero de produção é o paraíso dos intermediários...

Eis o que pesa em *Salambô* e pesa-me em sua leitura. Agrada-me muito mais ler contos da antiguidade fabulosa totalmente livre, como *A princesa da Babilônia* ou *Akédysseril* de Villiers, livros que não evocam outros livros.

(O que eu disse sobre o real nas Letras pode valer também para as obras que pretendem uma "verdade" na observação interna. Stendhal gabava-se de conhecer o coração humano, ou seja, de não o inventar. Mas o que nos interessa nele são, ao contrário, os produtos de Stendhal. Quanto a fazê-los entrar em um conhecimento orgânico do homem em geral, essa intenção suporia uma exigência bem modesta em relação a esse saber, ou uma confusão análoga àquela que se faria entre o prazer atual fornecido por iguarias deliciosas, pela preparação de uma refeição requintada e a aquisição definitiva constituída por uma análise química exata e impessoal.)

É possível que a suspeita das dificuldades, provocadas pelo desejo de realismo na arte e pelas contradições que se desenvolvem a partir do momento em que ele se torna imperativo, tenha favorecido no espírito de Flaubert a ideia de escrever uma *Tentação de Santo Antão*. Essa "Tentação" — tentação de sua vida inteira — era como um antídoto íntimo contra o tédio (que ele confessa) de escrever seus romances de hábitos modernos e de erigir monumentos estilísticos em honra da insipidez provinciana e burguesa.

Pode ter sido pressionado por um outro estímulo. Não estou pensando no quadro de Brueghel, que ele viu no palácio Balbi, em Gênova, em 1845. Essa pintura ingênua e complicada, combinando detalhes monstruosos — demônios, cornos, bestas medonhas, mulheres muito frágeis, toda essa imaginação superficial e às vezes divertida —, despertou-lhe talvez um desejo por diabruras, por descrições de seres impossíveis: pecados encarnados, todas as formações aberrantes do medo, do desejo, do remorso; mas o próprio impulso que o fez conceber e abordar a obra parece-me mais ter sido excitado pela leitura do *Fausto* de Goethe. Entre *Fausto* e *As tentações* há semelhança de origens e parentesco evidente nos assuntos: origem popular e primitiva, existência ambulante das duas lendas, que poderiam ser dispostas em "durantes" com a legenda comum: o homem e o diabo. Em *As tentações*, o diabo ataca a fé do solitário, cujas noites satura com visões desesperadoras, com doutrinas e crenças contraditórias, com promessas corruptoras e lascivas. Mas Fausto já leu tudo, conheceu tudo, já queimou tudo o que pode ser adorado. Esgotou por si mesmo o que o Demônio propõe ou demonstra através de imagens a Antão, e só resta o amor mais juvenil capaz de seduzi-lo (o que eu acho bastante surpreendente). Acaba finalmente dando-se, como pretexto para o desejo de viver, uma espécie de paixão estética, uma sede suprema pelo Belo, uma vez que a fragilidade da força política e do ilusionismo da finança foi-lhe revelada pela experiência mefistofélica que fez. Fausto está procurando o que poderia tentá-lo; Antão preferiria não ser tentado.

Flaubert parece-me ter apenas entrevisto que o assunto de *As tentações* oferecia motivos, pretextos e chances para uma obra verdadeiramente superior. Nada além de seus escrúpulos de exatidão e de referências mostra o que lhe faltava de espírito decisório e de vontade de composição para conduzir a fabricação de uma máquina literária de grande potência.

Uma preocupação excessiva em maravilhar através da multiplicidade dos episódios, das aparições e das transformações repentinas, das teses, das vozes diversas provoca no leitor uma sensação crescente de estar preso em uma biblioteca repentina e vertiginosamente libertada, onde todos os tomos tivessem vociferado seus milhões de palavras ao mesmo tempo e onde todas as ilustrações revoltadas tivessem vomitado suas estampas e desenhos ao mesmo tempo. "Ele leu demais", diz-se do autor, como se diz de um homem bêbado que ele bebeu demais.

Mas Goethe, em *Eckermann*, falando sobre sua *Noite de Valpurgis*, diz isto:

> "Um número infinito de figuras mitológicas apressa-se para entrar; mas tomo cuidado comigo. E só aceito as que apresentam nos olhos as imagens que procuro."

Essa sabedoria não aparece em *As tentações*. Flaubert sempre foi assediado pelo Demônio do conhecimento enciclopédico, do qual tentou se exorcizar escrevendo *Bouvard et Pécuchet*. Não lhe bastou, para alimentar Antão com prestígios, folhear as grandes antologias de segunda mão, os espessos dicionários do gênero Bayle, Moreri, Trévoux e outros da mesma espécie; explorou também o maior número de textos originais que pôde consultar. Positivamente embriagou-se com fichas e notas. Mas tudo o que lhe era exigido de trabalho pela torrente de imagens e de fórmulas que desola a noite do anacoreta, tudo o que ele gastava de espírito nas inúmeras entradas desse balé demoníaco, os temas dos deuses e das deidades, dos heresiarcas, dos monstros alegóricos, ele retirava ou recusava ao próprio herói, que permanece uma pobre vítima digna de piedade, no centro do turbilhão infernal de fantasmas e de erros.

Antão, deve-se convir, existe pouco.

Suas reações são de uma fraqueza desconcertante. Surpreende-nos que não seja seduzido ou encantado; ou que não fique mais irritado ou indignado com o que vê ou ouve; que não encontre insultos ou zombarias, nem mesmo uma oração violentamente ejaculada a ser proferida contra a imunda hipocrisia e o fluxo de belíssimas frases revoltantes ou blasfematórias que o perseguem. É mortalmente passivo; não cede nem resiste; espera o final do pesadelo, durante o qual só soube exclamar muito mediocremente algumas vezes. Suas réplicas são pedidos de desculpas e temos constantemente, como a rainha de Sabá, uma vontade furiosa de beliscá-lo.

(Talvez assim ele ficasse mais "real", ou seja, mais parecido com a maioria dos homens? Nós mesmos, não vivemos um sonho tão aterrorizante e totalmente absurdo, e o que fazemos?)

Flaubert ficou como que inebriado com o acessório em detrimento do principal. Experimentou a diversão dos cenários, dos contrastes, das exatidões "engraçadas" de detalhes, colhidos aqui e ali nos livros pouco ou mal frequentados: portanto, o próprio Antão (mas um Antão que sucumbe) perdeu sua alma — quero dizer, a alma de seu tema, que era a vocação desse tema para tornar-se uma obra-prima. Ele não realizou um dos mais belos dramas possíveis, uma obra de primeira ordem, que pedia para sê-lo. Não se inquietando, sobretudo, em animar poderosamente seu herói, negligenciou a própria substância de seu tema, não ouviu o chamado em profundidade. Do que se tratava? De nada menos que representar o que poderia ser chamado de a fisiologia da tentação, toda essa mecânica essencial na qual as cores, os sabores, o calor e o frio, o silêncio e o barulho, o verdadeiro e o falso, o bem e o mal desempenham o papel de forças e estabelecem-se em nós na forma de antagonismos sempre iminentes. É claro que qualquer "tentação" resulta do ato da visão ou da ideia sobre algo que desperta em nós a sensação de estar faltando. Ela cria uma necessidade que não existia ou que dormia, e eis que somos modificados em um ponto, solicitados em uma de nossas faculdades, e todo o resto de nosso ser é arrastado por essa parte sobre-excitada. Em Brueghel, o pescoço do comilão alonga-se, estira-se em direção à papa que seus olhos fixam, que suas narinas aspiram, e pressentimos que toda a massa do corpo vai se unir à cabeça, que estará unida ao objeto do olhar. Na natureza, a raiz cresce em direção à umidade, a copa, em direção ao sol, e a planta se forma de desequilíbrio em desequilíbrio, de cobiça em cobiça. A ameba se deforma na direção de sua minúscula presa, obedece àquilo que vai transubstanciar, depois puxa-se para seu pseudópode aventurado e junta-se a ele. Esse é o mecanismo de toda a natureza viva; o Diabo, ai!, é a própria natureza, e a tentação é a condição mais evidente, mais constante, mais inelutável de qualquer vida. Viver é, a todo instante, sentir falta de alguma coisa — modificar-se para atingi-la — e, desse modo, tender a substituir-se no estado de sentir falta de alguma coisa. Vivemos do instável, pelo instável, no instável: essa é a função completa da Sensibilidade, que é a mola diabólica da vida dos seres organizados. O que há de mais extraordinário para se tentar conceber, e o que pode haver de mais "poético" para se fazer do que essa força irredutível que é tudo para cada um de nós, que coincide exatamente conosco, que nos movimenta, que nos fala e é falada em nós, que se transforma em prazer, dor, necessidade, desgosto, esperança, força ou fraqueza, dispõe valores, torna-nos anjos ou bestas conforme a hora ou o dia? Sonho com a variedade, com as intensidades, com a versatilidade de nossa substância sensível, com seus infinitos recursos virtuais, com seus inumeráveis descansos, através de cujos jogos ela se divide contra ela mesma, engana-se a si mesma, multiplica suas formas de desejo ou de recusa, transforma-se em inteligência, linguagem, simbolismos, que ela desenvolve e combina para compor estranhos mundos abstratos. Não duvido que Flaubert tenha tido consciência da profundidade de seu tema; mas diríamos que teve medo de mergulhar nele até o ponto em que tudo o que se pode aprender não conta mais... Ele se perturbou com livros e mitos excessivos; perdeu neles o pensamento estratégico, quero dizer, a unidade de sua composição que só podia residir em um Antão do qual Satã teria sido uma das almas... Sua obra permanece como uma diversidade de momentos e de retalhos; mas existem alguns que estão escritos para sempre. Tal como é, olho para ela com reverência, e nunca a abro encontrando razões para admirar mais seu autor que ela mesma.

AS TENTAÇÕES DE SANTO ANTÃO

À memória de meu amigo
Alfred Le Poittevin

Frontispício do segundo álbum de Odilon Redon *As tentações de Santo Antão* (1889).
Imagem usada na capa da primeira edição por esta editora em 2003.

I

No cume de uma montanha, na Tebaida, há uma plataforma talhada em meia-lua e circundada de rochedos.

A cabana do eremita fica ao fundo. É feita de barro e de caniços, e teto plano, sem porta. Vê-se lá dentro uma moringa e pão escuro. Ao centro, num estrado de madeira, um livro enorme; espalhados pelo chão, filamentos de esparto, duas ou três esteiras, uma cesta, uma faca.

A dez passos da cabana há uma cruz alta, plantada no chão. No outro topo da plataforma, uma velha palmeira torcida pende sobre o abismo, porque a montanha é talhada a pique, e o Nilo parece formar um lago na base do penhasco.

A barreira de rochedos encobre a vista de ambos os lados. Mas da banda do deserto, como plagas sucessivas, imensas ondulações paralelas, cor de ouro cinzento, espraiam-se umas após as outras, sempre se elevando.

E para lá das areias, muito ao longe, a cordilheira líbica forma um muro de aspecto calcário, levemente esfumado de vapores violáceos.

Em frente, declina o sol. O céu, ao norte, é de um cambiante cinza-pérola, e no zênite, nuvens cor de púrpura, esparsas como madeixas de uma juba gigantesca, estiram-se na abóbada azul. Estes raios incandescentes escurecem; o fundo anilado toma a cor do nácar, as moitas, a penedia, a terra, tudo agora parece duro como o bronze; e paira no ar uma poeira de ouro tão tênue, que mais parece a vibração da luz.

SANTO ANTÃO

de grandes barbas, os cabelos longos, um manto de pele de cabra, sentado de pernas cruzadas, está fazendo esteiras. Mal vê desaparecer o sol, suspira fundo, e murmura de olhos fixos no horizonte:

Mais um dia... Mais um que passa.

Mas outrora, eu não era tão miserável. Antes de expirar a noite já começava as minhas rezas; depois descia o rio a buscar água, e retornava pela rude encosta, odre ao ombro, cantando hinos. Em seguida, entretinha-me a arrumar a cabana. Pegava as ferramentas e me esforçava para que as esteiras fossem bem iguais, e leves as cestas; pois minhas ações mais ínfimas me pareciam então deveres que nada tinham de penoso.

A horas certas, largava o trabalho e, rezando de braços abertos, sentia como que uma fonte de misericórdia derramar-se dos altos céus sobre o meu coração. Mas agora essa fonte secou. Por quê?

Ele caminha lentamente, de um lado para o outro, no recinto das rochas.

Todos me criticaram quando abandonei o lar.

Minha mãe ficou profundamente abatida, minha irmã me acenava de longe para que eu voltasse, e a outra chorava, a Amonaria, essa menina que eu encontrava todas as tardes à beira da cisterna, tangendo os búfalos. Correu atrás de mim. Suas argolas dos pés luziam na poeira, e a túnica aberta nos quadris flutuava ao vento. O velho asceta que me levava atirou-lhe insultos. Os nossos dois camelos continuaram galopando e nunca mais vi ninguém.

Escolhi primeiro, para habitar, o túmulo de um faraó. Mas circulam feitiços nesses palácios subterrâneos, onde as trevas parecem adensadas pelo antigo fumo dos incensos. Do fundo dos sarcófagos ouvia sair uma voz dolente que me chamava; ou então sentia viverem, de repente, as coisas abomináveis pintadas nos muros e fugi na direção do Mar Vermelho, para uma cidadela em ruínas. Ali, tive por companheiros os escorpiões que coleavam entre as pedras, e águias, no céu azul, rodopiavam sem parar por cima da minha cabeça. De noite, era dilacerado por garras, picado por bicos, roçado por asas macias, e demônios medonhos, uivando nos meus ouvidos, me atiravam ao chão. Só fui socorrido pela gente de uma caravana que ia para Alexandria e me levou junto.

Quis então me instruir com o bom velho Dídimo. Embora fosse cego, ele era incomparável na ciência das Escrituras. Finda a lição, sempre me pedia o braço para passear. Eu o levava até o Paneum, de onde se avista o farol e o mar alto. Voltávamos depois pelo porto, no meio de homens de todas as nações, até cimorianos vestidos de pele de urso e gimnosofistas do Ganges besuntados de bosta de vaca. Mas sempre havia brigas nas ruas, fosse por causa de judeus que se recusavam a pagar impostos ou de revoltosos que queriam expulsar os romanos, De resto, a cidade estava cheia de heréticos, de sectários de Manes, de Valentim, de Basilido, de Arius, e todos nos agarravam para nos convencerem.

O que eles diziam, de vez em quando me vem à memória. Por menos que se preste atenção, essas coisas perturbam.

Refugiei-me em Colzim, e minha penitência foi tamanha que eu já não tinha mais receio de Deus. Alguns homens me procuraram para se tornarem anacoretas.

Eu lhes impus uma regra prática, contra as extravagâncias da gnose e as asserções filosóficas. De todas as partes me enviavam mensagens. Vinham me ver de muito longe.

Entretanto, o povo torturava os confessores, e a sede de martírio me arrastou a Alexandria. As perseguições haviam cessado há três dias.

Quando estava indo embora, um grande ajuntamento de pessoas me deteve diante do templo de Serapis. Segundo me disseram, era o último exemplo que o governador queria dar. No meio do pórtico, em pleno sol, uma mulher nua estava amarrada a uma coluna e dois soldados a fustigavam com correias; a cada chicotada todo seu corpo se torcia. Ela se voltou, boca aberta; — e por sobre a multidão, através dos longos cabelos que cobriam sua face, me pareceu reconhecer Amonaria...

No entanto... aquela era mais alta... e prodigiosamente bela!

Passa as mãos pela testa.

Não! Não! Nem quero pensar!

Uma outra vez, Atanásio me chamou para o ajudar contra os arianos. Tudo se limitou a insultos e gargalhadas. Mas, logo depois, ele foi caluniado, desapossado do seu reduto, obrigado a fugir. Onde estará ele agora? Não sei! Ninguém cuida de me darem notícias. Todos os meus discípulos me abandonaram. Até Hilarião!

Este devia ter quinze anos quando chegou e sua inteligência era tão ávida que a cada passo me fazia perguntas. Depois escutava-me com ar refletido; — e tudo de que eu carecia ele ia buscar sem palavra, mais lépido que um cabritinho e de uma alegria capaz de fazer rir os patriarcas. Era como um filho!

O céu é rubro, a terra é negra. Sob as rajadas de vento levantam-se nuvens de areia, como imensas mortalhas, que logo tombam. Numa nesga do céu, súbito, passam aves formando um bando triangular, semelhante a um pedaço de metal, e de que apenas os extremos vibram.

Antão olha as aves voando.

Ah, como eu quisera segui-las!

Quantas vezes não contemplei com inveja os grandes barcos, cujas velas parecem asas, sobretudo quando levavam para longe todos os que acolhi! Que belos momentos passáramos juntos! Que confidências! Nenhum me interessou tanto como Amon; contou-me sua viagem a Roma, as catacumbas, o Coliseu, a piedade das senhoras ilustres, e quanto mais! ... e não quis partir com ele! Donde provêm esta obstinação em continuar semelhante vida? Eu teria feito bem em ficar com os monges de Nitria, que tanto me pediram. Vivem em celas separadas, mas se

Santo Antão: ... *através dos longos cabelos que cobriam sua face, me pareceu reconhecer Amonaria...*

comunicam entre si. Aos domingos, uma trombeta toca a reunir na igreja, onde veem penduradas três correias de disciplinas que servem para punir os delinquentes, os ladrões e os intrusos, porque a sua regra é severa. Não deixam, contudo, de ter certas mercês. Os fiéis levam-lhes ovos, frutas e até pinças para se tirarem os espinhos dos pés. Há vinhedos em torno de Pisperi, e os de Pabene têm uma jangada para irem buscar provisões.

Mas eu teria servido melhor meus irmãos ficando um simples sacerdote. Socorrem-se os pobres, administram-se os sacramentos, tem-se autoridade nas famílias.

Aliás, nem todos os leigos são danados, e só de mim dependia ser... por exemplo... gramático, filósofo. Teria no meu quarto um jogo esférico de caniços, sempre as tabuinhas de escrever à mão, gente moça à minha volta, e à porta, como tabuleta, uma coroa de louro pendurada.

Mas há um excessivo orgulho em tais triunfos! Mais valia ser soldado. Eu era robusto e ousado, — o bastante para manobrar o cabrestante das máquinas, atravessar sombrias florestas, penetrar, de viseira erguida, nas cidades ainda fumegantes!... Nada me impedia, também, de comprar com o dinheiro que tinha, um cargo de publicano no pedágio de alguma ponte, e os viajantes teriam me contado aventuras, mostrado suas bagagens cheias de coisas curiosas...

Os mercadores de Alexandria navegam todos os dias festivos no rio Canope e bebem vinho em cálices de lótus, ao som dos tamborins que estremecem as tabernas ao longo das margens! Para além, árvores aparadas em forma cônica, protegem do vento sul as fazendas tranquilas. O teto do mirante da casa grande assenta em colunas delgadas e juntas como os balaústres de uma clarabóia. Por esses intervalos, o senhor, dono da casa, estendido numa ampla cadeira, abrange com a vista todos os campos à sua volta, os caçadores no meio das searas, o lugar onde se vindima, os bois que calcam a palha. Seus filhos brincam no chão, sua mulher se debruça para o beijar.

Na obscuridade alvacenta da noite, aparecem, aqui e além, focinhos aguçados, orelhas espetadas e olhos coruscantes. Antão caminha na direção deles. O cascalho range, pedras rolam, os animais fogem. Era uma alcateia de chacais.

Ficou só um, sentado nas patas, o corpo meio pendido, a cabeça de lado, numa atitude desconfiada.

Belo animal! Gostaria de lhe fazer uma festa, passar a mão por seu dorso, suavemente.

Antão assobia, chamando-o. O chacal desaparece.

Ah, ele vai se juntar aos outros! Que solidão! Que tédio!

Rindo com amargura:

Que bela existência, torcer ao fogo varas de palmeira para fazer cajados, trançar cestos, entretecer esteiras e trocar depois estas coisas com os nômades por pão que quebra os dentes! Ah, que desgraçado eu sou! E será que isto não acabará nunca? Antes a morte! Não aguento mais! Chega! Chega!

Bate o pé e anda rapidamente às voltas no meio dos rochedos; por fim, sem fôlego, explode em soluços e se atira ao chão, de lado.
É tranquila a noite, inúmeras estrelas palpitam; ouve-se apenas o ranger das tarântulas. Os dois braços da cruz projetam a sombra na areia. Antão chorando, olha a cruz.

Como eu sou fraco, meu Deus! Coragem, de pé!

Entra na cabana, tira um carvão das cinzas, acende uma tocha e a espeta no estrado, de forma a iluminar o livro.

Se eu lesse... a *Vida dos Apóstolos*?... Sim! Ao acaso!

> *"Viu o céu aberto e uma grande toalha que baixava pelas quatro pontas, na qual havia animais terrestres de toda a espécie, feras, répteis e aves; e uma voz lhe disse:* Pedro, levanta-te, mata e come!"

Então o Senhor queria que o seu apóstolo comesse de tudo?... Enquanto que eu...

Antão permanece de cabeça baixa. O frêmito das páginas agitadas pelo vento faz com que ele erga a face e leia:

> *"Os judeus mataram todos os seus inimigos com espadas e fizeram grande carnificina, de sorte que dispuseram à vontade daqueles que odiavam."*

Segue-se a contagem da gente morta por eles: setenta e cinco mil. Tinham sofrido tanto! De resto, seus inimigos eram os inimigos do Deus verdadeiro. E que prazer devem ter tido massacrando idólatras! A cidade por certo que transbordava de mortos! Viam-se nos limiares dos jardins, nas escadarias e nas casas a tal altura que as portas não podiam girar!... — E aqui estou eu me atolando em ideias de assassinato e de sangue!

Abre o livro noutra passagem.

"Nabucodonosor prostrou-se, de face no chão, e adorou Daniel".

Ah, está bem! O Todo-Poderoso exalta seus profetas acima dos reis; e no entanto aquele vivia continuamente em festins, ébrio de prazeres e de orgulho. Mas Deus, punindo-o, transformou-o em animal. Andava de quatro patas!

Antão desata a rir e afastando os braços, vira com as mãos as folhas do livro. Seus olhos deparam com esta frase:

"Ezequias alegrou-se muito com a chegada deles. Mostrou-lhes seus perfumes, seu ouro e sua prata, todos os seus incensos, óleos de cheiro, vasos preciosos e o que tinha nos seus tesouros."

Imagino... que deviam ser pedras preciosas, diamantes, moedas de ouro, tudo amontoado até o teto. Um homem que possui e acumula tal riqueza não é igual aos outros. Remexendo nela, ele deve ficar pensando que tem nas mãos o resultado de uma incalculável quantidade de esforço e como que a vida dos povos que ele sugou, e que poderia derramar a seu bel-prazer. É uma precaução útil aos reis. Não esquecem isto os mais sábios deles. Suas frotas traziam-lhe marfim, macacos... Onde é?

Folheia com rapidez.

Ah, aqui está:

"A rainha de Sabá, sabendo da glória de Salomão, veio tentá-lo, propondo-lhe enigmas."

Como esperava ela tentá-lo? O diabo se esforçou para tentar Jesus! Mas Jesus triunfou porque era Deus, e Salomão graças talvez à sua ciência de mágico. Que sublime é esta ciência! Porque o mundo — assim me explicou um filósofo — forma um conjunto, cujas partes influem umas sobre as outras como os órgãos de um corpo. Trata-se de conhecer as atrações e as repulsões naturais das coisas e depois colocá-las em jogo... Seria possível então modificar o que parece ser a ordem imutável?

Agora, as duas sombras desenhadas por trás dele aos braços da cruz, projetam-se para a frente. Antão brada:

Socorro, meu Deus!

A sombra volta à sua primeira forma.

Ah!... era uma ilusão! Nada mais! É inútil eu me atormentar o espírito! Não tenho nada que fazer!... Absolutamente nada!...

Senta-se e cruza os braços.

No entanto, parece que senti a aproximação... Mas por que haveria *ele* de vir? Acaso não conhecia seus artifícios? Repeli o monstruoso anacoreta que me oferecia, rindo, pãezinhos quentes, o centauro que tentava me atrair para a garupa, — e aquela criança negra muito bela surgindo das areias me dizendo se chamar o espírito de fornicação.

Antão caminha rapidamente de um lado para o outro.

Foi por minha ordem que se construíram todos esses retiros de santidade, plenos de monges usando cilícios sob as peles de cabra, e eram tantos que quase formavam um exército. Curei doentes de longe, sem lhes tocar; expulsei demônios; atravessei o rio no meio de crocodilos; o imperador Constantino me escreveu três cartas; Balacius que cuspira nas minhas, foi dilacerado por seus cavalos; o povo de Alexandria, quando apareci de novo, brigava para me ver, e Atanásio me reconduziu até à estrada. Mas também que obras eu fiz! Há mais de trinta anos que estou no deserto, sempre gemendo! Carreguei nas costas oitenta arráteis de bronze como Euzébio, expus o corpo às picadas dos insetos como Macário, permaneci cinquenta e três noites sem fechar olho como Pacômio; e os que são decapitados, torturados, queimados, têm menos virtude, talvez, pois que a minha vida é um contínuo martírio.

Santo Antão:
Socorro, meu Deus!

Antão caminha mais lentamente.

Por certo que não há ninguém em tão profunda miséria! Os corações caritativos rareiam. Já não me dão nada. Meu manto está velho. Não tenho sandálias, nem sequer uma cuia, porque reparti entre os pobres e com a minha família todos os meus bens, sem ficar com um óbolo. Ainda que não fosse senão para ter algumas ferramentas indispensáveis ao trabalho, eu precisaria de algum dinheiro. Oh, não muito! Um pouquinho só... Eu saberia poupar.

Os padres de Niceia, em roupas de púrpura, enfileiravam-se como magos, em tronos, ao longo da parede; e os regalaram com um banquete, enchendo-os de honrarias, principalmente Pafúncio por ser zarolho e coxo, depois da perseguição de Diocleciano! O imperador beijou muitas vezes aquele olho vazado; que tolice! Aliás, o concílio era composto de membros tão infames! Um bispo de Cítia, Teófilo; outro da Pérsia, João; um guardador de gado, Esperidião! Alexandre já estava muito velho. Atanásio deveria ter mostrado mais afabilidade para com os arianos, para que lhe fizessem concessões!

Eles teriam feito! Mas não quiseram me ouvir! — aquele que falava contra mim, um robusto moço de barba frisada, me atirava, tranquilamente, objeções capciosas — e enquanto eu buscava as palavras certas, e não cessavam de me olhar com expressões maldosas, ladrando como hienas. Ah, se o imperador os exilasse, ou melhor, que fossem surrados, esmagados, que eu os visse sofrer! Eu não sofro tanto?!

Ele se encosta à cabana, meio desfalecido.

É por ter jejuado demais. Estou perdendo minha força. Se eu comesse... só uma vez, um pedaço de carne.

Semicerra as pálpebras, com languidez.

Ah, carne vermelha!... Morder um cacho de uvas!... Uma coalhada tremelicante... Mas que é que eu tenho? O que estou sentindo? Parece que meu coração está inchando como o mar quando é empolado pela tormenta. Um profundo quebranto me domina e o ar quente parece exalar perfume de cabelos. E todavia não veio nenhuma mulher...

Voltando-se para o caminho dos rochedos.

É por ali que elas vêm, balançadas em suas liteiras, nos braços negros dos eunucos. Descem e, juntando as mãos, carregadas de anéis, se ajoelham. Falam-me de suas aflições. A necessidade de uma volúpia sobre-humana as tortura, desejariam morrer, veem em sonhos deuses chamando por elas; a barra de seus vestidos roça meus pés. Eu as rechaço. "Oh, não! Exclamam, ainda não! Que devo fazer?" Todas as penitências lhes servem. Pedem as mais rudes, querem também partilhar a minha, viver comigo.

Já faz muito tempo que não aparece nenhuma. Será que vão vir aí? Por que não? Se, de repente... eu ouvisse o tinir das campainhas das mulas subindo a montanha. Tenho a impressão...

Antão galga um rochedo, à entrada do atalho, e se debruça perscrutando as trevas.

Sim! Lá em baixo, bem lá no fundo, uma sombra mexendo como gente procurando o seu caminho. Lá está! Não acertam.

Chamando:

Por aqui! Vem! Vem!

O eco repete: Vem! Vem!
Deixa cair os braços, assombrado.

Que vergonha! Ah, pobre Antão!

E, súbito, ouve murmurar: "Pobre Antão!"

Há alguém aí? Respondei!

O vento que passa pelas fendas das rochas produz modulações, e de suas sonoridades confusas saem VOZES como se o ar falasse. São baixas e insinuantes, sibilantes.

A PRIMEIRA

Queres mulheres?

A SEGUNDA

Montes de dinheiro?

A TERCEIRA

Uma espada reluzente?

AS OUTRAS

— O povo todo te admira!
— Adormece!
— Haverás de os degolar! Degolar, sim!

Ao mesmo tempo, os objetos se transformam. À beira da escarpa, a velha palmeira, com sua copa de folhas amareladas, vira um tronco de mulher debruçada sobre o abismo, longos cabelos ondulando ao vento.

ANTÃO
olhando na direção da cabana, e o móvel onde está o livro, com suas páginas cheias de letras negras, parece um arbusto todo coberto de andorinhas.

É a tocha, por certo, que dá esta ilusão luminosa. É melhor apagar!

Apaga a tocha. Escuridão profunda.

E, de repente, passam pelo ar. Primeiro um charco de água, depois uma prostituta, a esquina de um templo, a figura de um soldado, uma parelha de cavalos brancos empinados puxando uma biga.
Estas imagens surgem bruscamente, bem agitadas, se destacando na noite como pinturas escarlates em fundo de ébano.
O movimento se acelera. O desfile é vertiginoso. Por vezes, as imagens param, empalidecem gradualmente, se fundem ou então voam e imediatamente surgem outras.
Antão fecha os olhos.
Ele é envolvido, cercado pelas figuras que vão se multiplicando. O pavor toma conta dele. Abraça o ventre numa contração violenta. Apesar da grande zoeira em sua cabeça, sente um silêncio enorme que o separa do mundo. Tenta falar; impossível! É como se o laço íntimo do seu ser se dissolvesse. E, não resistindo mais, Antão desaba na esteira.

... uma parelha de cavalos brancos
empinados puxando uma biga...

II

Eis que uma grande sombra, mais sutil que uma sombra natural, e franjada por outras sombras ao longo da orla, se projeta no chão.

É o diabo, debruçado no teto da cabana e acolhendo sob as asas — como um morcego gigantesco amamentando filhotes — os Sete Pecados Capitais, cujas cabeças fazendo caretas, se entreveem vagamente.

Antão, de olhos sempre fechados, se delicia com a inércia em que jaz, membros largados na esteira.

Esta lhe parece macia, cada vez mais confortável — a ponto que ela se acolchoa, se alça, se torna um leito, um leito numa chalupa, a água marulha em suas bordas.

À direita e à esquerda, levantam-se duas faixas de terra escura dominadas por campos cultivados com um ou outro sicômoro. Rumor de guizos, cantos e tambores ecoam ao longe. É gente que vai a Canope dormir no templo de Serapis para ter sonhos. Antão está a par disto —; e desliga empurrado pelo vento, entre as duas margens do canal. As folhas dos papiros e as flores vermelhas dos nenúfares, maiores do que uma pessoa, pendem sobre ele. Está estendido no fundo da barca; um remo, à popa, voga na água. Por vezes bafeja um ar tépido e as canas delgadas rumorejam. O murmúrio das pequenas vagas se acalma. Sente-se imerso numa apatia. Imagina que é um solitário do Egito.

Mas logo se levanta em sobressalto.

Será que sonhei? Era tão nítido que fico em dúvida. Estou com a língua ardendo. Que sede!

Entra na cabana e tateia ao acaso, por todos os cantos.

O chão está molhado!... Terá chovido? Vejo cacos! Minha moringa quebrada!... E o odre?

Ele o encontra.

*É o diabo... — como um morcego gigantesco
amamentando filhotes — os Sete Pecados Capitais...*

Vazio! Completamente vazio!

Para descer até o rio eu precisaria de três horas, pelo menos, e a noite está tão fechada que eu não veria o rumo a tomar. Meu estômago protesta. Onde estará o pão?

Depois de uma longa busca, acha uma casca de pão menor que um ovo.

O quê?!... Foi comido pelos chacais? Ah, maldição!

E, irado, atira a casca para longe.

Mal completa tal gesto, surge uma mesa repleta de iguarias.

A toalha de bisso, estriada como o toucado das esfinges, produz por si mesma luminosas ondulações. Por cima, veem-se grandes peças de carne vermelha, peixes enormes, aves emplumadas, quadrúpedes peludos, frutas de cor quase humana, tijolos de sorvete de creme e jarros de cristal violeta chispando reflexos. Antão descobre no meio da mesa um javali fumegando por todos os poros, as patas sob o ventre, de olhos semicerrados — e a ideia de poder comer aquele animal formidável o regozija extremamente. Há ainda mais coisas que ele nunca viu, picados escuros, geleias douradas, guisados onde flutuam cogumelos como nenúfares nas lagoas, cremes batidos, leves e espumosos como nuvens.

O aroma de tudo isto lhe traz o cheiro da maresia, a frescura das fontes, o envolvente perfume dos bosques. Dilata as narinas o mais que pode; ele baba; imagina que tem ali o quanto basta para um ano, dez, para toda a vida!

À medida que percorre de olhos esbugalhados todos aqueles manjares, outros surgem e se acumulam, formando uma pirâmide cujos ângulos se desmoronam. Os vinhos transbordam, os peixes palpitam, o sangue borbulha nas travessas, a polpa das frutas se aproxima como lábios apaixonados e a mesa sobe até o seu peito, até a barba — apenas com um prato e um só pão, mesmo ali ao alcance da boca.

Vai para pegar o pão, outros pães aparecem.

Para mim!... Tudo? Mas...

Antão recua.

Em vez de um só, olha quantos! Isto é um milagre, então! O mesmo que fez o Senhor!...

Mas com que fim? Ah, mas tudo mais é igualmente incompreensível! Oh, demônio vai embora! Vai!

Dá um pontapé na mesa, que desaparece.

Não ficou nada?... Não!

Dá um grande suspiro.

Ah, a tentação era terrível. Mas como me livrei dela!

Levanta a cabeça e tropeça num objeto que tilinta.

O que é isto?

Antão se abaixa.

Olha, uma taça! Algum viajante que a perdeu. Nada de extraordinário...

Umedece o dedo e esfrega a taça.

E reluz! Bom metal, mas não vejo bem...

Acende a tocha e examina a taça.

É de prata, ornada com medalhas na borda e uma moeda no fundo.

Arranca a moeda com a unha.

É uma moeda que vale... de sete a oito dracmas, não mais. Mesmo assim dava para eu comprar uma pele de carneiro.

Um reflexo da tocha ilumina a taça.

Não é possível! É de ouro?... É sim!... Toda em ouro!

No fundo da taça há outra moeda, porém maior. Debaixo desta, ele descobre mais.

Mas isto tem um valor tão grande... que dá para ter três bois... um pedaço de terra!

A taça agora está cheia, até em cima, de moedas de ouro.

Mas que digo? Cem escravos, soldados, um bando, dá para comprar até...

A decoração na borda da taça se desprende e forma um colar de pérolas.

Com uma joia destas até se compraria a própria mulher do imperador.

Num ímpeto, Antão enrola o colar no pulso. Segura a taça com a mão esquerda e levanta a tocha com o outro braço para melhor a iluminar. Como água que escorresse de um tanque, derrama-se aos borbotões — a ponto de formar um montículo na areia — diamantes, rubis e safiras, no meio de grandes moedas de ouro com efígies de reis.

O que é isto? Como! Staters, ciclos, daricos, ariandicos! Alexandre, Demétrio, os Ptolomeus, César! Nenhum deles teve tanto! Nada agora é impossível! Acabou o sofrimento! E estes reflexos que me deslumbram! Ah, meu coração transborda! Como é bom! Sim!... Sim!... Mais! Não parem! Podia atirar tudo ao mar, que nunca se acabavam! Mas para quê desperdiçar? Vou guardar tudo, sem contar a ninguém e mandar cavar na rocha um cofre todo forrado de bronze — e depois irei lá para poder pisar nas pilhas de ouro, mergulhar os braços como em sacos de grãos. Quero esfregar a cara no ouro, ouro, quero deitar e rolar por cima!

Larga a tocha para abarcar a pilha e cai de bruços no chão.
Levanta-se. O local está inteiramente vazio.

O que foi que eu fiz?
Se eu tivesse morrido neste momento, era o inferno! O inferno irremissível!

Fica tremendo da cabeça aos pés.

Estarei amaldiçoado? Ah, não! A culpa é minha! Eu me deixo cair em todas as armadilhas! Não há ninguém mais imbecil e mais infame. Eu deveria me surrar, me arrancar do próprio corpo! Já me reprimo há tanto tempo! Estou precisando me vingar, machucar, matar! É como se tivesse na alma um bando de feras. Gostaria de dar machadadas no meio de uma multidão... Ah, um punhal!

Vê a faca e se atira a ela. A faca escorrega da mão, e Antão fica colado à parede da cabana, imóvel, de boca escancarada, cataléptico.

Sumiu tudo o que o cercava.

Ele se imagina em Alexandria, no Paneum, montanha artificial rodeada por uma escada em caracol e erguida no centro da cidade.

À sua frente se estende o lago Mareotis, à direita o mar, à esquerda o campo e logo ao alcance da vista, uma grande mistura de tetos baixos, atravessada de sul a norte e de leste a oeste por duas ruas que se entrecruzam e formam, em toda a sua extensão, uma fila de pórticos com capitéis coríntios. As casas que se escoaram nesta dupla colunata têm janelas de vidros coloridos. Algumas têm exteriormente enormes gaiolas de madeira por onde o ar livre se engolfa.

Monumentos de arquiteturas diferentes colados uns aos outros. Pilares egípcios dominam templos gregos. Obeliscos surgem como lanças, entre as ameias de tijolo vermelho. No meio das praças há Hermes de orelha aguçada e Anúbis de focinho de cão. Antão avista mosaicos nos pátios e, nos barrotes dos testos, tapetes estendidos.

Num rápido olhar, domina os dois portos (o Porto-Grande e o Eunoste), ambos redondos como circos e separados por um molhe que liga Alexandria à ilhota escarpada onde se ergue o farol quadrangular, alto de quinhentos côvados e de nove andares, com uma pilha de carvão fumegando no topo.

Portos menores e interiores dividem os portos principais. Cada ponta do quebra-mar termina em uma ponte assente em colunas de mármore no mar. Velas passam por baixo, e grandes fragatas abarrotadas de mercadorias, embarcações de alto-mar com incrustações de marfim, gôndolas cobertas com seu pavilhão, galeras de dois e de três remos, toda espécie de barcos circulam ou estacionam nos cais.

Em volta do Porto-Grande há uma série ininterrupta de construções reais: o palácio dos Ptolomeus, o Museu, o Posídio, o Cesário, o Timônio onde se refugiou Marco Antônio, o Soma que abriga o túmulo de Alexandre e, no outro extremo da cidade, passando o Eunoste, se avistam, num subúrbio, fábricas de vidro, de perfumes e de papiro.

Vendedores ambulantes, carregadores, burriqueiros, correm, se aglomeram. Aqui e ali, um sacerdote de Osíris com uma pele de pantera ao ombro, um soldado romano de capacete de bronze, muitos negros. À entrada das lojas há mulheres paradas, artesãos trabalhando, e o ranger das carroças faz debandar os pássaros que debicam no chão os detritos dos açougues ou restos de peixe.

Sobre a uniformidade das casas brancas, o desenho das ruas lança como que uma rede escura. Os mercados plenos de ervas fazem ramalhetes verdes, os varais das tinturarias manchas de cor, os ornatos no frontão dos templos pontos luminosos, e tudo isto contido no recinto oval dos muros acinzentados, sob a abóbada azul, à beira do mar imóvel.

Mas a multidão para e olha para o lado do ocidente, de onde se levantam enormes turbilhões de poeira.

São os monges da Tebaida, vestidos de pele de cabra, armados de bordões, e ululando um cântico de guerra e de religião com o refrão: "Onde estão eles? Onde estão eles?"

Antão percebe que eles vêm matar os arianos.

Súbito, as ruas se esvaziam e apenas se veem pés debandando.

Os solitários estão agora na cidade. Seus imensos bastões, ornados de pregos, giram como sóis de aço. Ouve-se o estrondo de tudo que é quebrado nas casas. Há intervalos de silêncio. Depois explode uma terrível gritaria.

De um extremo ao outro das ruas há um contínuo remoinho de povo aterrado.

Muitos trazem piques. Por vezes, dois grupos se encontram, e formam um só; e esta massa desliza pelas Lages, se separa, para em seguida se derrubar. Mas sempre reaparecem os homens dos cabelos compridos

Novelos de fumo irrompem das esquinas dos edifícios. Os batentes das portas são estilhaçados. Altas paredes desmoronam. Arquitraves desabam.

Antão encontra, um a um, todos os seus inimigos. Reconhece os que já tinha esquecido; antes de os matar ele os tripudia: esfaqueia, degola, brutaliza os velhos pela barba, esmaga as crianças, espanca os feridos. E começa a vingança contra o luxo: os que não sabem ler rasgam livros; outros quebram, derrubam estátuas, destroem pinturas, móveis, cofres, mil coisas delicadas cujo uso ignoram e que, por isso mesmo, os exasperam. De vez em quando param, exaustos, para recomeçarem depois.

Os habitantes, refugiados nos pátios, gemem. As mulheres erguem para o céu os olhos cheios de lágrimas e os braços nus. Para conter os solitários, agarram-se a eles pelos joelhos, derrubando-os, e o sangue espirra por todos os lados, escorre pelas paredes, fluindo do tronco dos cadáveres decapitados, inunda os aquedutos, forma no chão grandes poças vermelhas.

Antão está de sangue até os joelhos. Vai chapinhando nele lentamente, aspira as gotinhas caídas em seus lábios e estremece de gozo pela sensação em seus membros, sob a túnica de pelo empapada de sangue.

Cai a noite. O imenso clamor cessa.

Os Solitários desapareceram.

De repente, nas galerias exteriores que orlam os nove andares do farol, Antão descobre espessas linhas negras como se fossem corvos pousados. Corre para lá e se encontra no topo.

Um grande espelho de cobre, voltado para alto-mar, reflete os navios que estão ao largo.

Antão se entretém olhando os barcos, e à medida que olha para eles, seu número cresce.

Estão apinhados num golfo que tem a forma de um crescente. Atrás, em um promontório, se desdobra uma cidade nova de arquitetura romana, com cúpulas de pedra, telhados cônicos, mármores azuis e cor de rosa e uma profusão de bronze aplicada às volutas dos capitéis, à crista das casas, aos ângulos das cornijas. É dominada por um bosque de ciprestes. A cor do mar é mais verde, o ar mais frio. Nas montanhas do horizonte há neve.

Antão busca o caminho quando um homem chega ao seu encontro dizendo: "Vem! Estão à tua espera!"

Em toda parte se veem colunas de basalto... A luz cai das abóbadas...

Atravessa uma praça, entra num pátio, se abaixa sob uma porta e chega diante da fachada do palácio, decorado com uma estátua que representa o imperador Constantino esmagando um dragão. Uma fonte de pórfiro tem no meio uma concha de ouro cheia de pistache. O guia lhe diz que ele pode pegar algumas sementes. Ele pega.

Depois anda como que perdido numa infinidade de aposentos.

Ao longo de paredes de mosaico, veem-se generais oferecendo ao imperador, na palma da mão, cidades conquistadas. Em toda parte se veem colunas de basalto, grades de filigrana de prata, bancos de marfim, tapeçarias bordadas de pérolas. A luz cai das abóbadas. Antão vai andando sempre. Exalações tépidas circulam; ouve, por vezes, o ranger discreto de uma sandália. Postados nas antecâmaras, guardiões — que parecem autômatos — portam aos ombros bastões de prata dourada.

Por fim, alcança o limiar de uma sala tendo ao fundo cortinados de jacinto. Estes se abrem e descobrem o imperador, sentado num trono, de túnica violeta e coturnos vermelhos com ataduras pretas.

Um diadema de pérolas cinge sua cabeleira penteada em rolos simétricos. Tem as pálpebras caídas, o nariz reto, a fisionomia dura e dissimulada. Nos cantos do pálio aberto sobre sua cabeça estão quatro pombas de ouro, e aos pés do trono, agachados, quatro leões de esmalte. As pombas começam a arrulhar, os leões a rugir. O imperador revira os olhos, Antão avança e logo, sem preâmbulos, os dois falam sobre acontecimentos. Nas cidades de Antioquia, de Efeso, e de Alexandria, os templos foram saqueados e fizeram moringas e marmitas com as estátuas dos deuses; o imperador acha muita graça. Antão censura sua tolerância para com os novacianos. Mas logo o imperador se enfurece: novacianos, arianos, melecianos, todos o enfastiam. Todavia, admira o episcopado, porque, dependendo os cristãos dos bispos, e estes de cinco ou seis personagens, basta favorecer aqueles para ter de seu lado todos os outros. Por isso, nunca deixou de lhes fornecer somas consideráveis. Mas detesta os padres do Concílio de Niceia. — "Vamos vê-los!". Antão vai com ele.

Estão os dois no mesmo plano, num terraço.

Daqui se domina um hipódromo cheio de gente e com uma galeria superior de pórticos, onde passeia o resto da multidão. Ao centro do campo de corridas, se estende uma plataforma estreita, onde se destacam em toda a sua extensão um pequeno templo de Mercúrio, a estátua de Constantino, três serpentes entrelaçadas, grandes bolas ovoides de madeira num extremo, e, no outro, sete delfins de cauda arrebitada.

Atrás do pavilhão imperial, os prefeitos das câmaras, os condes dos serviçais e os patrícios se escalonam até o primeiro andar de uma igreja com todas as janelas ocupadas por mulheres. À direita, fica a tribuna da facção azul, à esquerda a da verde, em baixo, um piquete de soldados e, ao nível da arena, uma fileira de arcos coríntios, formando a entrada dos camarotes.

As corridas vão começar, os cavalos se alinham. Grandes penachos, firmados entre as suas orelhas, ondulam ao vento como árvores e, impacientes, fazem oscilar os carros em forma de concha, guiados por cocheiros usando uma espécie de couraça multicolor, de manga estreita no punho e larga nos braços, perna nua, barba crescida, cabelo raspado na testa à moda dos hunos.

Antão, no começo fica meio tonto com o ruído das vozes. De cima a baixo, só se vê caras empoadas e pintadas, trajes berrantes, reflexos de joias; e a areia da pista, muito branca, brilha como um espelho.

O imperador conversa com Antão contando coisas importantes, e até lhe confessa o assassinato de seu filho Crispo; depois pede conselhos sobre sua saúde.

Entretanto, Antão descobre escravos no fundo dos camarotes. São os padres do Concílio de Niceia, esfarrapados, abjetos. O mártir Pafúncio escova a crina de um cavalo, Teófilo lava as patas de um outro, João pinta os cascos de um terceiro, Alexandre põe estrume na cesta.

Antão passa pelo meio deles, que fazem alas para lhe pedir que interceda e lhe beijam as mãos. A multidão unânime os vaia, e Antão goza infinitamente com tal degradação. Ele que agora é um dos grandes da corte, confidente do imperador, primeiro ministro! Constantino lhe cinge a fronte com o seu diadema. Antão o aceita, achando uma coisa simples esta honra.

Logo em seguida ele se vê nas trevas de uma sala imensa, iluminada aqui e ali por candelabros de ouro.

Colunas muito altas meio perdidas na sombra, vão se alinhando em filas para lá das mesas que se prolongam até o horizonte, onde aparecem, num vapor luminoso, escadarias alcandoradas, infindas de arcadas, colossos, torres, tendo atrás uma vaga orla de palácios dominando cedros, fazendo massas mais densas na escuridão.

Os convivas, cercados de violetas, se reclinam em leitos baixos. Ao longo destas duas filas é servido vinho em ânforas e, bem ao fundo, sozinho, de tiara de rubis, come e bebe o rei Nabucodonosor.

À direita e à esquerda do rei, duas fileiras de sacerdotes com grandes mitras, balançam turíbulos. Pelo chão, abaixo dele, se rojam reis cativos, sem pés nem mãos, aos quais atira ossos para roerem; mais além, estão os seus irmãos, de olhos vendados, todos cegos.

Um contínuo lamento sobe do fundo das masmorras. Os sons suaves e lentos de um órgão hidráulico alternam com o coro de vozes; e sente-se que há em volta da sala uma cidade incomensurável, um oceano de gente cujas ondas se chocam nos muros.

Os escravos correm trazendo pratos. Mulheres circulam oferecendo bebidas, os cestos rangem sob o peso dos pães e um dromedário, carregado de odres furados, vai e vem, espalhando verbena para refrescar o chão.

Gladiadores trazem leões. Dançarinas, com o cabelo preso em redes, rodopiam sobre as mãos, soltando fogo pelas narinas; saltimbancos negros fazem malabarismos, crianças nuas se atiram bolas de neve, que se desfazem no brilho da baixela. O clamor é tão forte que parece uma tempestade, e uma nuvem flutua sobre o festim, tantas são as comidas e os vapores. De vez em quando, uma fagulha dos grandes tocheiros, levada pelo vento, atravessa a noite como uma estrela cadente.

O rei limpa com o braço os perfumes do rosto. Come nos vasos sagrados e os quebra depois. Enumera, de memória, suas frotas, seus exércitos, seus povos. Logo mais, por capricho, incendiará o palácio com seus convivas. Pensa em reconstruir a torre de Babel e destronar Deus.

Antão lê, de longe, na fronte do rei, todos os seus pensamentos. Sente-se penetrado por ele, e se transforma em Nabucodonosor.

Logo se sente farto de excessos e exterminações, e é tomado pelo desejo de se espojar na abjeção. Aliás, a degradação daquilo que apavora os homens é um ultraje feito ao espírito deles, uma maneira ainda de os estarrecer. E como não há nada mais vil do que um bicho bronco, Antão se atira sobre a mesa a quatro patas e começa a mugir como um touro.

Sente uma dor na mão — uma pedra o feriu, por acaso — e se encontra diante de sua cabana.

O recinto dos rochedos está deserto. As estrelas cintilam. Tudo cai em silêncio.

Mais uma vez me iludi! Por que acontecem estas coisas? Todas brotam dos impulsos da carne. Ah, miserável!

Vai à cabana, pega um monte de cordas com garras metálicas nas pontas, se desnuda até à cintura, e erguendo ao céu a face:

Aceita a minha penitência, ô meu Deus! Não a desdenhes porque é frouxa. Faze com que seja violenta, longa, desmedida! É tempo! Mãos à obra!

Dá em si mesmo uma vigorosa chicotada.

Ai! Não! Não! Nada de piedade!

Continua.

Oh! cada golpe me rasga a pele, me talha os membros. Que queimaduras horríveis!

Ah, não é assim tão terrível! A gente vai se acostumando. Até me parece que...

Antão para o flagelo.

Continua, covarde! Continua! Assim! Assim! nos braços, nas costas, no peito, no ventre, em todo o corpo! Chiai, correias, mordei-me, dilacerai-me! Quem dera que as gotas do meu sangue jorrassem até às estrelas, fizessem estalar meus ossos, desnudar meus nervos! Tenazes, potros, chumbo derretido! Muito mais sofreram os mártires! Não é verdade, Amonaria?

A sombra dos chifres do diabo reaparece.

Eu bem podia ter sido amarrado a uma coluna perto da tua, frente a frente, à tua vista, respondendo aos teus gritos com os meus suspiros; a nossa dor seria uma só e nossas almas também.

Ele se flagela com fúria.

Toma! Toma! Aguenta! Mais!... Mas será que não estou tendo uma sensação de carícia por todo o corpo? Que suplício! Que delícia! É como se fossem beijos. Meu íntimo se derrete! Morro!

Vê na sua frente três cavaleiros montados em onagros, de vestes verdes, lírios na mão e muito parecidos de rosto.

Antão volta-se, e vê mais três cavaleiros, igualmente parecidos, em onagros iguais, na mesma atitude.

Recua. Então os onagros, ao mesmo tempo, dão um passo e roçam o focinho nele, tentando morder sua roupa. Vozes gritam: "Por aqui, por aqui, é aqui!" E surgem estandartes entre as gargantas da montanha, cabeças de camelo com rédeas de seda, mulas carregadas de bagagens e mulheres cobertas de véus amarelos, escanchadas em cavalos malhados.

Os animais ofegantes se deitam, os escravos abrem os fardos e desenrolam tapetes multicoloridos, espalhando pelo chão objetos brilhantes.

Um elefante branco, couraçado com rede de ouro, aparece abanando o feixe de penas de avestruz que traz na cabeça.

Em seu dorso, entre almofadas de lã azul, as pernas cruzadas, pálpebras semicerradas e balançando a cabeça, vem uma mulher vestida com tal esplendor que produz uma auréola resplendente. A multidão se prostra, o elefante dobra os joelhos, e

A RAINHA DE SABÁ

se deixando escorregar do flanco, pousa nos tapetes e se dirige a Antão.

Seu vestido de brocado de ouro, listrado por fileiras de pérolas, de jade e de safiras, lhe cinge as formas num corpete justo, realçado por aplicações de cor, representando os doze signos do Zodíaco. Usa coturnos muito altos, um dos quais é preto e salpicado de estrelas de prata com uma lua crescente, e o outro branco e coberto de pontinhos de ouro, com um sol no meio.

Suas mangas largas, guarnecidas de esmeraldas e de penas de ave, deixam a nu seu bracinho roliço com braceletes de ébano nos pulsos. Suas mãos carregadas de anéis terminam em unhas tão aguçadas que as pontas dos dedos parecem agulhas.

Uma gargantilha de ouro sobe pelo queixo e se enrola em espiral à volta do penteado, polvilhado de anil, depois desce pelos ombros indo se prender no peito a um escorpião de diamantes, que alonga a língua entre os seios dela. Duas grandes pérolas douradas repuxam um pouco suas orelhas. Em volta das pálpebras tem um risco preto. Na face esquerda uma pinta preta natural, e respira abrindo a boca como se o corpete a incomodasse.

Faz oscilar, quando anda, uma sombrinha verde de cabo de marfim, orlado de campainhas vermelhas; e doze negrinhos crespos, carregam a longa cauda de seu vestido, cuja ponta pega um macaco que a ondeia de vez em quando.

Ela diz:

Ah, belo eremita! Belo eremita! Meu coração desfalece!

À força de bater o pé de impaciência já fiz calos no calcanhar e até quebrei uma unha! Mandei pastores destas montanhas te procurarem, e caçadores gritando teu nome aos bosques, e espiões que percorriam todos os caminhos dizendo aos passantes: "Vós o vistes?"

De noite, chorava com o rosto voltado para a parede. Minhas lágrimas, de tanto escorrerem, fizeram duas covas no chão, como os charcos de água salgada nos rochedos de beira-mar, porque eu te amo! Oh, sim! Muito!

Passa a mão pela barba dele.

Ri, vamos, belo eremita, ri! Eu sou muito alegre, verás! Toco lira, danço como a abelha, sei muitas histórias e todas, todas muito engraçadas para te divertir sempre.

Não imaginas os longos caminhos que percorremos para chegar até aqui. Olha os onagros dos guias verdes como estão mortos de cansaço.

Os onagros estão prostrados no chão, imóveis.

Durante três luas cheias, não pararam de correr, com uma pedra nos dentes para cortar o vento, a cauda alçada, vergando o jarrete, e sempre galopando. Não conseguirei outros iguais. Eu os herdei de meu avô materno, o imperador Saharil, filho de Iakhschab, filho de Iaarab, filho de Kastan. Ah, se os onagros ainda estivessem vivos, eu os faria atrelar a uma liteira para voltarmos à minha casa numa corrida! Mas... como?... Em que estás pensando?

Fica examinando o eremita.

Quando fores meu marido, eu te vestirei, depilarei e tudo com muito perfume.

Antão permanece imóvel, mais rígido que uma estátua, pálido como a morte.

Estás com ar triste. É por deixares a tua cabana? Eu deixei tudo para ti — até o rei Salomão que, no entanto, é pleno de sabedoria, tem vinte mil carros de guerra e uma bela barba! Trouxe os meus presentes de núpcias. Escolhe.

Ela passeia entre as filas de escravos e as mercadorias.

Aqui tem bálsamo de Génézareth, incenso do cabo Gardefar, ládano, cinamomo, e silfium, bom para pôr nos molhos. Ali, são bordados de Assur, marfins do Ganges, púrpura de Elisa; e esta caixa de gelo que contém, num odre de chalibom, vinho reservado para os reis da Assíria e que se bebe puro em um chifre de licorne. Olha: colares, broches, redes, guarda-sóis, ouro em pó de Baasa, cassiterita de Tartessus, madeira azul de Pandio, peles brancas de Issedônia, rubis da ilha Palesimonde, e palitos feitos com pelos de tachas — animal extinto, que se encontra debaixo da terra. Estes coxins são de Emath e estas franjas de Palmira. Neste tapete da Babilônia há... Mas vem ver! Vem logo!

Puxa Antão pela manga. Ele resiste. Ela prossegue:

Este delicado tecido, que crepita como se soltasse faíscas, é o famoso pano amarelo trazido pelos mercadores da Bactriana. Precisam de quarenta e três intérpretes durante a viagem. Mandarei fazer túnicas para usares em casa.

Abri os fechos do estojo de sicômoro e trazei a caixinha de marfim que está no pescoço do meu elefante!

Tiram da caixinha uma coisa redonda envolta num véu, e trazem um pequeno cofre todo cinzelado.

Queres o escudo de Dgian-ben-Dgian, o que construiu as pirâmides? Aqui está! É feito de sete peles de dragão sobrepostas, unidas com parafusos de diamante, e que foram curtidas em fel de parricida. Representa, de um lado, todas as guerras que aconteceram desde a invenção das armas e, do outro, todas as guerras que vão acontecer até o fim do mundo. O raio bate nele como uma bola de cortiça. Vou colocar no teu braço, para usares sempre na caça.

Mas se soubesses o que tenho nesta caixinha! Examina, vê se consegues abrir. Ninguém conseguiu até hoje, mas me dá um beijo e eu revelarei.

Pega o eremita pelas bochechas. Ele a repele, braços esticados.

Foi numa noite em que o rei Salomão ia perdendo a cabeça. Enfim, fizemos um acordo. Ele se levanta, sai na ponta dos pés...

Faz uma pirueta.

Ah, ah, belo eremita! Não vais saber... Não vais saber!

Gira sua sombrinha fazendo soar todas as campainhas.

E ainda tenho mais coisas, sabias? Tenho tesouros guardados em galerias onde nos perdemos como num bosque. Tenho palácios de verão feitos de treliça de bambu e palácios de inverno de mármore preto. No meio de imensos lagos, tenho ilhas redondas como moedas de prata, todas cobertas de nácar, e cujas margens entoam músicas ao marulhar das ondas tépidas que rolam na areia. Os escravos das cozinhas pegam aves nas minhas gaiolas e peixe em viveiros meus. Tenho escultores sempre ocupados em me retratar na pedra dura, ou na fundição de minhas estátuas, perfumistas que misturam suco de plantas com vinagre e amassam pastas. Tenho costureiras para todos os tecidos, ourives que me fazem joias, cabeleireiras que inventam sempre novos penteados e pintores cuidadosos, derramando, no rodapé das salas, resinas ferventes que eles arrefecem abanando leques. Tenho aias que davam para fazer um harém e eunucos para formar um exército. Tenho exércitos, povos! E no meu vestíbulo uma guarda de anões que trazem a tiracolo trompetes de marfim.

Antão dá um suspiro.

Tenho casais de gazelas, quadrigas de elefantes, parelhas de camelos às centenas e éguas de crina tão comprida que tropeçam nela quando galopam, e manadas de chifres tão grandes que é preciso ir abater os bosques à frente deles para poderem pastar. Tenho girafas que passeiam pelos meus jardins e que chegam com a cabeça ao beiral do telhado quando eu tomo ar depois de comer.

Sentada numa concha e puxada por delfins, vogo nas grutas ouvindo cair a água das estalactites. Vou ao país dos diamantes, onde os mágicos meus amigos, me deixam escolher os mais belos; saio depois do seio da terra e volto para minha casa.

Dá um assobio agudo, e uma grande ave, descendo do céu, vem pousar no alto de seu penteado, do qual faz espargir o pó azul.

Sua plumagem, cor de laranja, parece formada de escamas metálicas. A cabeça, pequenina, ornada com uma poupa de prata, representando uma face humana. Tem quatro asas, quatro garras de abutre e uma imensa cauda de pavão que passa a exibir.

Pega a sombrinha da rainha com o bico, vacila um pouco antes de pousar, depois eriça as plumas e fica imóvel.

Obrigada, belo Simor-anka por teres me ensinado onde se escondia o namorado. Obrigada, obrigada, mensageiro do meu coração!

Ele voa como o desejo. Dá a volta ao mundo num dia. À noite regressa, pousa ao pé da minha cama, me conta o que viu, os mares que passavam a seus pés com peixes e navios, os grandes desertos abandonados que contemplou dos céus, e todas as searas que se curvavam nos campos, e as plantas que subiam pelos muros das cidades desertas.

Ela se espreguiça, languidamente.

Ah, se quisesses! Tenho um pavilhão num promontório, no meio de um istmo, entre dois oceanos. É todo envidraçado, soalhado de tartaruga e aberto aos quatro ventos. Lá do alto, vejo regressar as minhas frotas e as gentes que sobem a colina, com fardos às costas. Poderíamos dormir em penugens mais macias do que nuvens, beber sucos gelados em cascas de fruta, e olhar o sol através de esmeraldas. Vem!...

Antão recua. Ela se aproxima, e em tom irritado:

... e uma grande ave, descendo do céu, vem pousar no alto de seu penteado...

Como? Nem rica, nem graciosa, nem apaixonada? Não é assim que a desejas, mas talvez lasciva, gorda, de voz rouca, cabelo cor de fogo e carnes complacentes? Preferes um corpo frio como a pele das serpentes, ou grandes olhos negros mais sombrios que as cavernas místicas? Põe os teus olhos nos meus!

Antão, contra vontade, olha para ela.

Todas as que encontraste, desde a mulher da rua cantando à luz da lanterna, até à patrícia desfolhando rosas do alto de sua liteira, tudo o que teu desejo imagina, é só pedir! Eu não sou uma mulher, sou um mundo! Basta que meus vestidos caiam, para que descubra em mim uma infinidade de mistérios!

O eremita bate os dentes.

Se pousares um dedo no meu ombro, vai ser como se um rastro de fogo te percorresse as veias. A posse da menor parte do meu corpo vai te encher de uma alegria mais transbordante do que a conquista de um império. Aproxima os lábios! Meus beijos têm o sabor de um fruto que se derrete no coração! Ah, como vais te afogar nos meus cabelos, aspirar o meu peito, desfalecer nos meus membros e aquecer nas minhas pupilas, entre meus braços, num turbilhão...

Antão faz o sinal da cruz.

Só tenho o teu desprezo! Adeus!

Ela se afasta chorando, depois se volta:

Tens certeza? Uma mulher tão linda!

Ri e o macaco que segura a cauda de seu vestido, levanta uma ponta.

Vais te arrepender, belo eremita, gemer muito e te aborrecer bastante. Mas pouco me importa! Larilalá... larilaô!

A Rainha de Sabá: ... *Meus beijos têm o sabor de um fruto...*

Ela parte, cobrindo o rosto e pulando num pé só.

Os escravos desfilam diante de Santo Antão, os cavalos, os dromedários, o elefante, o séquito, as mulas carregadas de neve, os negrinhos, o macaco, os guias de verde, segurando na mão o lírio quebrado. E a rainha de Sabá se afasta, soltando uma espécie de soluço compulsivo, que tanto parecia suspiro como um agudo riso sardônico.

III

Mas a rainha de Sabá desapareceu. Antão vê um menino no limiar da cabana.

É algum dos servos da rainha,

pensou.

O menino é miúdo como um anão, e no entanto, atarracado como um cabiro, espécie de demônio disforme e de aspecto miserável. Cabeleira branca cobre sua cabeça prodigiosamente grande. Está tiritando sob uma túnica esfarrapada segurando na mão um rolo de papiro.
Num intervalo de nuvens, o luar cai sobre ele.

ANTÃO
observando o menino de longe e com medo dele.

Quem és tu?

O MENINO

O teu antigo discípulo Hilarião.

ANTÃO

Mentes! Hilarião vive na Palestina há muitos anos.

O MENINO

Estou vindo de lá! Sou eu!

ANTÃO
se aproxima dele e o observa.

Hum, mas seu rosto era brilhante como a aurora, cândido, jovial. O teu é carrancudo e velho.

HILARIÃO

Foi o cansaço de longas tarefas.

ANTÃO

Nem ele tinha essa voz, que arrepia.

HILARIÃO

É que me alimento de coisas amargas.

ANTÃO

E esses cabelos brancos?

HILARIÃO

Tenho tido tantos desgostos.

ANTÃO
à parte:

Será possível?...

HILARIÃO

Eu não estava tão longe como pensas. O eremita Paulo veio te visitar este ano, no mês de schebar. Faz justamente vinte dias que os nômades te trouxeram pão. E sei também que há dois dias encomendaste três punções.

ANTÃO

Sabe tudo!

HILARIÃO

Eu nunca te deixei. Mas estás há muito tempo sem me ver.

ANTÃO

É verdade que ando com a cabeça tão perturbada. Particularmente esta noite…

HILARIÃO

Vieram todos os pecados mortais. Mas as mesquinhas armadilhas deles nada podem contra um santo.

ANTÃO

Oh, não, não! Vacilo a cada instante! Quem dera ser como os que têm a alma forte e o espírito firme — como o grande Atanásio, por exemplo.

HILARIÃO

Esse foi ordenado ilegalmente por sete bispos!

ANTÃO

Que importa! Se a sua virtude…

HILARIÃO

Ora vamos! Um homem orgulhoso, cruel, um intrigante, e por fim exilado por ser corrupto!

ANTÃO

Calúnias!

HILARIÃO

Pode-se negar que ele quis corromper Eustates, o tesoureiro dos donativos?

ANTÃO

Eu sei que dizem isso.

HILARIÃO

Incendiou, por vingança, a casa de Arsênio!

ANTÃO

Ah!

HILARIÃO

No concílio de Niceia, disse a respeito de Jesus: "homem do Senhor".

ANTÃO

Ah, isso é uma blasfêmia!

HILARIÃO

Aliás, ele é tão limitado que confessa nada entender da natureza do Verbo.

ANTÃO
sorrindo com prazer:

De fato, sua inteligência não é muito... elevada.

HILARIÃO

Se te tivessem posto no lugar dele, teria sido uma grande felicidade para ti e teus irmãos. Semelhante vida, afastada dos outros, é ruim.

ANTÃO

Pelo contrário! Sendo o homem espírito, deve se retirar das coisas mortais. Toda ação o avilta. Gostaria de não tocar a terra nem com a planta dos pés!

HILARIÃO

Hipócrita é aquele que mergulha na solidão para melhor se entregar ao excesso de sua cobiça! Sei que te privas de carne, de vinho, de banhos, de escravos, de honrarias. Mas como deixas a imaginação te oferecer banquetes, perfumes, mulheres nuas e multidões o aplaudirem! A tua castidade não deixa de ser uma corrupção mais sutil, e esse desprezo do mundo a impotência do teu ódio contra ele! É isso que torna os teus iguais tão lúgubres, ou talvez porque duvidem. A posse da verdade alegra. Por acaso Jesus era triste? Andava rodeado de amigos, repousava à sombra das oliveiras, entrava em casa do publicano, multiplicava as taças, perdoava à pecadora, curava todas as dores. Tu só tens piedade da tua miséria. É como que um remorso que te agita e uma feroz demência que te leva a repelir os afagos de um cão ou o sorriso de uma criança.

ANTÃO
desaba em soluços.

Basta! Basta! Torturas demais o meu coração!

HILARIÃO

Sacode a vermina desses farrapos! Sai dessa imundice! O teu Deus não é um Moloch que pede carne em sacrifício!

ANTÃO

Contudo, o sofrimento é bendito. Os querubins se inclinam para receber o sangue dos confessores.

HILARIÃO

Admira então os montanistas! Esses ultrapassam todos os outros.

ANTÃO

Mas é a verdade da doutrina que faz o martírio!

HILARIÃO

Como é que ele pode provar a virtude, se testemunha também através do erro.

ANTÃO

Não vais calar a boca, víbora?

HILARIÃO

Isso não é talvez assim tão difícil. As exortações dos amigos, o prazer de afrontar o povo, o juramento feito, uma certa vertigem, mil circunstâncias ajudam os mártires.

Antão se afasta de Hilarião. Este o segue.

Aliás, essa maneira de morrer provoca grandes desordens. Diniz, Cipriano e Gregório se pouparam disso. Pedro de Alexandria foi contra, e o concílio de Elvira...

ANTÃO
tapa os ouvidos.

Não quero ouvir mais!

HILARIÃO
levantando a voz:

Aí estás caindo no teu pecado habitual, a preguiça. A ignorância é a baba do orgulho. Basta dizer: "Minha convicção está feita, para quê discutir?" e desprezam-se os doutores, os filósofos, a tradição, até o texto da lei que se ignora. Achas que tens a sabedoria na mão?

ANTÃO

E eu continuo ouvindo essa algaraviada que me deixa tonto.

HILARIÃO

Os esforços para se compreender Deus são superiores às tuas mortificações para o abrandar. Só temos mérito pela nossa sede de Verdade. A religião por si só não explica tudo, e a solução dos problemas que desconheces pode torná-la mais firme e mais elevada. Logo, é preciso comunicar com nossos irmãos — ou então a Igreja, a reunião dos fiéis seria apenas uma palavra — e ouvir todas as razões, não desprezar nada, nem ninguém. O feiticeiro Balaão, o poeta Ésquilo e a sibila de Cumes anunciaram o Salvador. Diniz, o alexandrino, recebeu do céu ordem de ler todos os livros. São Clemente nos ordena a cultura das letras gregas. Hermas se converteu devido às fantasias de uma mulher que ele amou.

ANTÃO

Que ar autoritário! Parece que estás crescendo...

Com efeito, a estatura de Hilarião vai progressivamente crescendo; e Antão, para deixar de o ver, fecha os olhos.

HILARIÃO

Fica tranquilo, bom eremita!
Vamos nos sentar naquele rochedo, como antigamente, quando ao primeiro clarão da madrugada eu te saudava como "clara estrela da manhã" e começavas logo os teus ensinamentos. Ainda não acabaram. O luar nos ilumina bastante. Estou atento.

Já tirou um cálamo da cintura; e, no chão, pernas encruzadas, com um rolo do papiro na mão, levanta o rosto para o eremita que, sentado ao pé dele, permanece de cabeça baixa.
Após um momento de silêncio, Hilarião prossegue:

A palavra de Deus nos é confirmada pelos milagres, não é assim? Todavia, os feiticeiros dos faraós também os faziam; outros impostores os podem fazer, no entanto isso é um logro. O que é então um milagre? Um fato que nos parece extranatural. Mas conhecemos nós todos o seu poder? E por uma coisa que normalmente não nos causa admiração, isso significa que a compreendamos?

ANTÃO

Pouco importa! Devemos crer nas Escrituras!

HILARIÃO

São Paulo, Orígenes e muitos outros não as compreendiam literalmente; mas, se se explicarem por alegorias, elas se tornam o apanágio apenas de alguns e a evidência de verdade desaparece. Que fazer?

ANTÃO

Ver o que diz a Igreja!

HILARIÃO

As Escrituras então, são inúteis?

ANTÃO

Isso não! Apesar de o Antigo Testamento, confesso, ter... obscuridades... Mas o Novo resplende com luz puríssima.

HILARIÃO

Todavia, o anjo anunciador, em Mateus, aparece a José, enquanto que em Lucas aparece a Maria. A unção de Jesus por uma mulher se dá, segundo o primeiro Evangelho, no princípio da sua vida pública, e, segundo os outros três, poucos dias antes de sua morte. A beberagem que lhe dão na cruz é, em Mateus, fel e vinagre, em Marcos, vinho e mirra. Segundo Lucas e Mateus, os apóstolos não deviam andar nem com dinheiro, nem com sacola, nem mesmo com sandálias e bastão; segundo Marcos, pelo contrário, Jesus lhes proíbe usarem seja o que for, a não ser sandálias e um bastão. Isto me confunde!...

ANTÃO
assombrado:

De fato... de fato...

HILARIÃO

Ao contato da hemorroíssa, Jesus se volta e diz: "Quem me tocou?" Não sabia então quem o tocava? Isto contradiz a onisciência de Jesus. Se o túmulo era vigiado por guardas, as mulheres não tinham que se preocupar com uma ajuda para levantar a pedra do túmulo. Portanto, ou não havia guardas, ou as santas mulheres não estavam lá. Em Emaús come com seus discípulos e lhes faz apalpar as chagas. É um corpo humano, um objeto material, ponderável, e todavia atravessa os muros. Isto é possível?

ANTÃO

Levaria muito tempo para responder.

HILARIÃO

Por que Jesus recebeu o Espírito Santo sendo ele o Filho? Que necessidade tinha de batismo, se era o Verbo? Como é que o diabo o podia tentar sendo ele Deus? Será que não tiveste nunca tais pensamentos?

ANTÃO

Sim!... Entorpecidos ou exaltados eu os guardo na consciência. Quando os esmago, eles ressurgem, me sufocam. E, por vezes, creio até que estou amaldiçoado.

HILARIÃO

Então de que te vale servir a Deus?

ANTÃO

Tenho sempre necessidade de o adorar!

Depois de um longo silêncio,

HILARIÃO
retomando:

Mas fora do dogma, toda a liberdade de exame nos é permitida. Desejas conhecer a hierarquia dos anjos, a virtude dos números, a razão dos germes e das metamorfoses?

ANTÃO

Desejo, sim! O meu pensamento se debate para sair da prisão. Acredito que fazendo das fraquezas força, talvez consiga. Às vezes, no simples espaço de um relâmpago, eu me sinto como que suspenso; depois torno a cair!

HILARIÃO

Esse segredo que desejaria dominar é guardado por sábios. Vivem num país longínquo, sentados à sombra de árvores gigantescas, vestidos de branco e serenos como deuses. Um ar tépido os alimenta. Leopardos vagam ao redor, pela grama. O murmúrio das fontes e o relinchar dos licornes se misturam às suas palavras. Poderás ouvi-los e, então, a face do incognoscível será desvendada.

ANTÃO
suspirando:

O caminho é longo e eu estou velho!

HILARIÃO

Oh, oh, os sábios não são raros! Estão até bem perto, ao teu alcance, aqui! — Entremos!

IV

E Antão vê à sua frente uma basílica imensa.

A luz se projeta lá do fundo, maravilhosa como um sol multicolor. Ilumina as inumeráveis cabeças da multidão que enche a nave e reflui entre as colunas até às laterais, onde se distinguem em nichos de madeira, altares, leitos, pequenas correntes de pedraria azul e constelações pintadas nas paredes.

No meio do povo, grupos estacionam aqui e ali. Homens, de pé sobre bancos, arengam, de dedo erguido; alguns rezam de braços em cruz, outros, deitados no chão, cantam hinos ou bebem vinho, em volta de uma mesa, fiéis reunidos em ágapes; mártires desenfaixam braços e pernas para mostrarem as feridas; velhos, apoiados em bastões, contam suas viagens.

Vêm de toda a parte: do país dos germanos, da Trácia e das Gálias, da Cítia e das Índias, com neve na barba, plumas no cabelo, espinhos nas franjas das roupas, as sandálias pretas de poeira, a pele tisnada pelo sol. Todos os trajes se confundem, mantos de púrpura com vestes de linho, dalmáticas bordadas, saiões de peles, barretes de marinheiros, mitras de bispos. Seus olhos são extremamente fulgurantes. Há os que têm ar de carrascos ou aspecto de eunucos.

Hilarião caminha pelo meio deles. Todos o saúdam. Antão, bem colado a ele, os observa. Nota muitas mulheres. Algumas vestidas de homem, de cabelo raspado; isto lhe causa medo.

HILARIÃO

São cristãs que converteram os maridos. Aliás, as mulheres são sempre por Jesus, até as idólatras; a prova é Prócula, a esposa de Pilatos, e Popeia, a concubina de Nero. Não treme! Caminha!

Outras vêm chegando, sem cessar.

Todos se multiplicam, se desdobram, leves como sombras, produzindo grande clamor, em que se misturam uivos de raiva, gritos de amor, cânticos e objurgações.

ANTÃO
em voz baixa:

O que eles querem?

HILARIÃO

O Senhor disse: "Tenho ainda de vos falar de muitas coisas". Estes sabem essas coisas.

E o encaminha para um trono de ouro, de cinco degraus, onde, rodeado de noventa e cinco discípulos, ungidos de óleo, magros e muito pálidos, está sentado o profeta Manés, belo como um arcanjo, imóvel como estátua, de vestes indianas, rubis nos cabelos entrançados, um livro de imagens coloridas na mão esquerda e, na direita, um globo. As imagens representam as criaturas que jazem inertes no caos. Antão se debruça para as ver.
Em seguida,

MANÉS
faz girar o globo, e compassando as palavras numa lira de onde saem sons cristalinos:

A terra celeste fica na extremidade superior, a terra mortal na extremidade inferior. É sustentada por dois anjos, o Splenditenes e o Omóforo das seis caras.

No cume do céu mais alto está a divindade impassível; abaixo, face a face, estão o Filho de Deus e o príncipe das trevas.

As trevas tendo avançado até seu reino, Deus tirou de sua essência uma virtude que produziu o primeiro homem e o envolveu com os cinco elementos. Mas os demônios das trevas lhe roubaram uma parte, e essa parte é a alma.

Há só uma alma universalmente esparsa, como a água de um rio dividida em muitos braços. É ela que soluça no vento, range no mármore quando é serrado, ruge pela voz do mar e chora lágrimas de leite quando se arrancam as folhas da figueira.

As almas saídas deste mundo emigram para os astros, que são seres animados.

ANTÃO
desatando a rir:

Ah! Ah! Que absurda imaginação!

UM HOMEM
sem barba e de aparência austera:

Em quê?

Antão vai responder, mas Hilarião lhe diz em voz baixa que esse homem é o imenso Orígenes; e

MANÉS
prossegue:

Primeiro as almas param na lua, onde se purificam. Em seguida sobem ao sol.

ANTÃO
lentamente:

Não sei de nada... que nos impeça... de acreditar nele.

MANÉS

O fim de toda criatura é a libertação do raio celeste encerrado na matéria. Este se desprende dela mais facilmente pelos perfumes, pelas especiarias, pelo aroma do vinho quente, pelas coisas leves que se assemelham a pensamentos. Mas os atos da vida o retêm na matéria. O assassino renascerá no corpo de um celefo, o que mata um animal, se transformará nesse animal; e se plantares uma vinha, ficarás enredado em seus galhos. O alimento o absorve. Portanto, privai-vos de comer! Jejuai!

HILARIÃO

Como vês, são abstêmios!

MANÉS

Há muitos na carne, menos nas ervas. De resto, os puros, graças aos méritos próprios, despojam os vegetais dessa parte luminosa que regressa à sua origem. Os animais, de geração em geração, a fixam na carne. Fugi, pois, das mulheres!

HILARIÃO

Admira a abstinência deles!

MANÉS

Ou antes, agi de tal forma que elas não sejam fecundadas. Mais vale a alma cair na terra do que desfalecer nos estorvos carnais!

ANTÃO

Ah, abominação!

HILARIÃO

Que importa a hierarquia da desvergonha? A Igreja também fez do matrimônio um sacramento!

SATURNINO
vestido à moda da Síria:

Ele propaga uma ordem da coisas funestas! O Pai, para punir os anjos revoltados, lhes ordenou que criassem o mundo. O Cristo veio para que o Deus dos judeus, que era um desses anjos...

ANTÃO

Um anjo? Ele, o Criador!

CEROÃO

Não quis ele matar Moisés, enganar os seus profetas, seduzir os povos, espalhar a mentira e a idolatria?

MARCIÃO

Por certo, o Criador não é o verdadeiro Deus!

SÃO CLEMENTE DE ALEXANDRIA

A matéria é eterna!

BARDESANES
de mago da Babilônia:

Ela foi formada pelos Sete Espíritos planetários.

OS HERNIANOS

Os anjos fizeram as almas!

OS PRISCILIANIANOS

Foi o diabo quem fez o mundo!

ANTÃO
recuando:

Que horror!

HILARIÃO
segurando o eremita:

Não te desesperes tão depressa! Compreendes mal a doutrina deles! Ali está um que recebeu a dele de Teodas, o amigo de São Paulo. Escuta o que ele diz.

E a um sinal de Hilarião

VALENTIM
com túnica de lhama de prata, a voz sibilante, a cabeça pontuda:

O mundo é obra de um deus em delírio.

ANTÃO
baixa a cabeça.

A obra de um deus em delírio!...

Depois de um longo silêncio:

Como assim?

VALENTIM

O mais perfeito dos seres, dos eons, o Abismo, repousava no seio da Profundeza com o Pensamento. Da sua união saiu a Inteligência, que teve como companheira a Verdade.

A Inteligência e a Verdade engendraram o Verbo e a Vida, que, por seu turno, engendraram o Homem e a Igreja; isto faz oito eons!

Conta pelos dedos.

O Verbo e a Verdade produziram outros dez eons, isto é, quinze pares. O Homem e a Igreja tinham produzido outros doze, entre os quais o Paracleto e a Fé, a Esperança e a Caridade, a Perfeição e a Sabedoria, Sofia.

O conjunto destes trinta eons constitui o Plerômio, ou Universalidade de Deus. Assim, como os ecos de uma voz que se afasta, como os eflúvios de um perfume que se evapora, como os clarões de um sol que se oculta, as Potências emanadas do Princípio vão gradualmente enfraquecendo.

Mas Sofia, ansiosa por conhecer o Pai, se lança fora do Plerômio, e o Verbo fez então outro par, o Cristo e o Espírito Santo, que tinha ligado entre si todos os eons; e, assim juntos, formaram Jesus, a flor do Plerômio.

Entretanto, o esforço de Sofia para fugir, deixara no vácuo a sua imagem, uma substância malévola, Acaramoth. O Salvador teve piedade dela e a libertou das paixões — e do sorriso de Acaramoth libertada nasceu a luz; suas lágrimas formaram as águas, sua tristeza produziu a matéria negra.

De Acaramoth saiu o Demiurgo, criador dos mundos, da luz e do diabo. Ele habita muito mais em baixo que o Plerômio, sem mesmo o avistar, tanto é que se crê o verdadeiro Deus, e repete pela boca dos seus profetas: "Só eu sou Deus!" Fez depois o Homem que lançou na alma a semente imaterial, que era a Igreja, reflexo da outra igreja situada no Plerômio. Acaramoth, um dia, chegando à mais alta região, se juntou ao Salvador; o fogo oculto no mundo aniquilará toda a matéria, devorará a si próprio, e os homens, transformados em puros espíritos, desposarão os anjos.

ORÍGENES

Então o demônio será vencido e começará o reino de Deus!

Antão abafa um grito; e logo:

BASILÍDIO
segurando o cotovelo dele:

O ser supremo, com suas emanações infinitas, se denomina Abraxas, e o Salvador, com todas as suas virtudes, Kaulakau, muito mais linha-em-linha, retidão-em-retidão.

A força de Kaulakau se obtém com o auxílio de certas palavras, inscritas nesta calcedônia para facilitar a memória.

Mostra, no pescoço, uma pedrinha onde estão gravadas linhas estranhas.

Serás então transportado ao Invisível e, superior à lei, tudo desprezarás, até a virtude!

Nós, os Puros, devemos fugir da dor, a exemplo de Kaulakau.

ANTÃO

Como! E a cruz?

OS ELKESAITAS
vestidos de jacinto, lhe respondem:

A tristeza, a baixeza, a condenação e a opressão de meus pais se desvaneceram, graças à missão que surgiu!

Podemos renegar o Cristo inferior, o homem-Jesus; mas devemos adorar o outro Cristo que brotou de si próprio sob a asa da Pomba. Honrai o casamento! O Espírito Santo é feminino!

Hilarião desapareceu e Antão, empurrado pela turba, chega diante dos

CARPOCRACIANOS
estendidos com mulheres em coxins de escarlate:

Antes de entrares no único, passarás por uma série de condições e ações. Para te libertares das trevas, realiza, desde já, as suas obras. O esposo vai dizer à esposa: "Dá esmola a teu irmão", e ela te beijará!

OS NICOLAITAS
reunidos em volta de uma iguaria fumegante:

É carne oferecida aos ídolos. Toma! A apostasia é permitida quando o coração é puro. Sacia a tua carne no que ela pedir. Trata de a exterminar à força de devassidões. Prunikos, a mãe do céu, se espojou em ignomínias.

OS MARCOSIANOS

com anéis de ouro, e escorrendo bálsamo:

Entra em nosso seio para te unires ao Espírito! Entra em nosso seio para beberes a imortalidade!

E um deles lhe mostra, por trás de uma tapeçaria, o corpo de um homem com cabeça de burro. Este representa Sabaoth, pai do diabo. Em sinal de nojo, ele lhe escarra em cima. Outro desvenda um leito baixo, juncado de flores, dizendo que

As bodas espirituais vão se realizar.

Um terceiro, erguendo uma taça de vidro, faz uma invocação; dentro, aparece sangue:

Ah! Eis o sangue de Cristo!

Antão se afasta. Mas é salpicado pela água que sai de uma vasilha.

OS HELVIDIANOS

se atiram de cabeça na vasilha, resmoneando:

O homem regenerado pelo batismo é impecável!

O eremita passa depois perto de uma grande fogueira, onde se aquecem os adamitas, completamente nus a fim de imitarem a pureza do paraíso e tropeça nos

MESSALIANOS

estirados nas lajes, meio adormecidos:

Oh, esmaga a gente, se quiseres, nem buliremos! O trabalho é um pecado, toda ocupação é ruim!

Atrás destes, os abjetos

PATERNIANOS

homens, mulheres e crianças, misturados num monte de imundices, erguem as faces repelentes, borradas de vinho:

As partes inferiores do corpo, feitas pelo diabo, pertencem a ele. Bebamos, comamos, forniquemos!

AÉCIO

Os crimes são necessidades abaixo do olhar de Deus!

Mas de repente

UM HOMEM
com um manto cartaginês pula para o meio deles, com um feixe de tiras de couro na mão e chicoteando desenfreadamente para todos os lados, diz irado:

Ah! Impostores, bandidos, simoníacos, hereges e demônios! Bando de vermes das escolas, fezes do inferno! Aquele, Marcião, é um marinheiro de Sinope, excomungado por incesto! Carpocra foi banido como mágico! Aécio roubou a sua concubina, Nicolau prostituiu sua mulher! E Manés, que se apelidou Buda e cujo nome é Cubricus foi esfolado vivo com a ponta de uma cana, e tanto que sua pele curtida está pendurada nas portas de Ctesifonte!

ANTÃO
reconheceu neste homem Tertuliano e corre na direção dele:

Mestre! Socorro! Socorro!

TERTULIANO
continuando:

Quebrai as imagens! Cobri as virgens! Rezai, jejuai, chorai, se mortificai-vos! Nada de filosofia! Nada de livros! Depois de Jesus, a ciência é inútil!

Todos fugiram, e Antão vê, no lugar de Tertuliano, uma mulher sentada num banco de pedra. Soluça com a cabeça encostada a uma coluna, cabelos pendentes, o corpo encolhido numa capona escura.
Os dois se encontram a sós, longe da multidão; e um silêncio, uma profunda acalmia se instala, como nos bosques, quando a ventania para e as folhas, de repente, ficam imóveis.
É uma mulher muito bonita, mas bem gasta e de uma palidez sepulcral. Eles se entreolham, e seus olhos lançam mutuamente como que uma onda de pensamentos, mil coisas antigas, confusas e profundas. Por fim

PRISCILA
começa a dizer:

Eu estava no último compartimento dos banhos e já cochilava ouvindo o burburinho das ruas.

De repente, despertei com um grande clamor. Gritavam: "É um mágico! É o diabo!" E a multidão parou diante da nossa casa, em frente do templo de Esculápio. Eu me ergui com os punhos até à altura do respiradouro.

No peristilo do templo havia um homem que trazia uma coleira de ferro ao pescoço. Com carvões em brasa ele se arranhava o peito e clamava: "Jesus, Jesus!" O povo dizia: "Isso é errado! Pedras nele!" E ele continuava. Fazia coisas incríveis, arrebatadoras. Flores enormes como o sol rodopiavam na minha frente, e ouvia no espaço uma harpa de ouro vibrando. Caiu a tarde. Meus braços deslizaram pelas grades, meu corpo desfaleceu e quando ele me levou para sua casa...

ANTÃO

Ele quem?

PRISCILA

Montano.

ANTÃO

Montano já morreu.

PRISCILA

Não é verdade!

UMA VOZ

Não, Montano não morreu.

Antão se volta e, perto dele, do outro lado, no banco, está sentada uma segunda mulher — loura esta, e ainda mais pálida, de pálpebras inchadas como se tivesse chorado muito. Sem que a interroguem, começa a falar:

MAXIMILA

Estávamos voltando de Tarso, pelas montanhas, quando numa curva do caminho vimos um homem à sombra de uma figueira.

Gritou de lá: "Parai!" e correu para nós, nos injuriando. Os escravos vieram em nossa defesa e ele desatou às gargalhadas.

Os cavalos se empinaram e os molossos ladraram.

Ele ficou ali de pé, o suor na cara, a capa estalando ao vento.

Tratando a todos pelos nossos nomes, nos censurava a vaidade das nossas ações, a infâmia de nossos corpos, e com o punho fechado apontava os dromedários, por causa das campainhas de prata que traziam ao pescoço.

Sua fúria me aterrorizava e, no entanto, sentia como que uma volúpia me embalando, me embriagando.

Primeiro foram os escravos que se aproximaram: "Senhor", eles disseram, "os animais estão cansados"; em seguida as mulheres: "Temos medo", e os escravos foram embora. Depois as crianças começaram a chorar: "Temos fome!" E como nada foi dito às mulheres, elas desapareceram.

Ele, por sua vez, continuava falando. Senti alguém a meu lado. Era meu esposo; ele se arrastava pelas pedras, gritando: "Tu me abandonas?" e eu que escutava o outro respondi: "Sim! Vai embora!" — a fim de seguir Montano.

ANTÃO

Um eunuco!

PRISCILA

Ah, isso te admira, alma grosseira! No entanto, Madalena, Joana, Marta e Suzana não entravam no tálamo do Salvador? As almas, melhor do que os corpos, podem se estreitar com delírio. Para conservar impunemente Eustólia, o bispo Leôncio se mutilou, preferindo o seu amor à sua virilidade. E depois, a culpa não foi minha; um espírito a isso me obrigava. Sotas não conseguiu me curar e, no entanto, ele é cruel! Que importa! Sou a última profetisa; depois de mim, virá o fim do mundo.

MAXIMILA

Ele me encheu de dons. Também, nenhuma o ama tanto, nenhuma é mais amada!

PRISCILA

Mentes! Sou eu!

MAXIMILA

Não! Sou eu!

As duas se batem.
Entre elas surge a cabeça de um negro.

MONTANO
com uma capa preta, fechada com dois ossos de um esqueleto humano:

Sosseguei, minhas pombas! Incapazes da felicidade terrestre, estamos, por esta união, na plenitude espiritual. Depois da idade do Pai, a idade do Filho; e eu inauguro assim a terceira, a do Paracleto. Sua luz me veio nas quarenta noites em que a Jerusalém celeste brilhou no firmamento, sobre minha casa, em Pepusa.
Ah! Como guinchai de angústia, quando o chicote vos açoita! Ah, como os vossos membros doloridos se entregam aos meus ardores! Como desfaleci em meu peito, com insatisfeito amor! Ele é tão forte que vos revelou mundos ignorados, e agora já podeis ver as almas com os próprios olhos.

Antão faz um gesto de espanto.

TERTULIANO
voltando para perto de Montano:

Sem dívida, visto a alma ter um corpo — por não poder existir o que não tem corpo.

MONTANO

Para a tornar mais sutil, instituí inúmeras mortificações, três quaresmas por ano e, para cada noite, rezas de boca fechada, para evitar que o hálito, saindo, não embacie o pensamento. Imponho a abstenção de segundas núpcias, ou antes, de todo o casamento! Os anjos pecaram com as mulheres.

OS ARCÔNTICOS
com cilícios de crina:

O Salvador disse: "Eu vim para destruir a obra da Mulher."

OS TACIANIANOS
com cilícios de junco:

A árvore do mal é ela! As vestes de pele são o nosso corpo.

E avançando sempre na mesma direção, Antão encontra

OS VALESIANOS
estendidos no chão, com chapas vermelhas no baixo-ventre, sob a túnica. Eles lhe apresentam uma faca.

Faze como Orígenes e como nós! É a dor que te dá medo, covarde? É o amor da tua carne que te reprime, hipócrita?

E, enquanto observa estes se debaterem, deitados de costas, nos charcos do sangue deles,

OS CAINITAS
com os cabelos amarrados por uma víbora, passam perto dele e gritando em seu ouvido:

Glória a Caim! Glória a Sodoma! Glória a Judas!
Caim fez a raça dos fortes. Sodoma apavorou a terra com o seu castigo; e foi por Judas que Deus salvou o mundo! Sim, Judas! Sem ele não haveria morte nem redenção!

Desaparecem sob a horda dos

CIRCONCELIÕES
vestidos de peles de lobo, coroados de espinhos, e segurando maças de ferro.

Esmagai o fruto! Turvai a fonte! Afogai a criança! Saqueai o rico que se sente feliz e que come muito! Batei no pobre que inveja o xairel do jumento, a comida do cão, o ninho da ave e que se desespera porque os outros não são miseráveis como ele.

Nós os santos, para apressar o fim do mundo, envenenamos, queimamos, massacramos!

A salvação só é possível no martírio. Nós nos martirizamos. Arrancamos com tenazes a pele da cabeça, atiramos nossas pernas debaixo das charruas e nos jogamos na boca dos fornos!

Maldito o batismo! Maldita a eucaristia! Maldito o casamento! Danação universal!

Agora, em toda a basílica, o furor redobra.

Os audianos disparam flechas contra o diabo; os coliridianos atiram para o alto véus azuis; os ascitas se prosternam diante de um odre; os marcionitas batizam um morto com óleo. Perto de Apeles, uma mulher, para explicar melhor a sua ideia, mostra um pão redondo numa garrafa, outra, no meio dos sampseanos, distribui, como uma hóstia, a poeira de suas sandálias. No leito dos marcosianos, juncado de rosas, dois amantes se beijam. Os circonceliões se degolam uns aos outros, os valesianos estertoram, Bardesanos canta, Carpocra dança, Maximila e Priscila soltam sonoros gemidos. E a falsa profetisa de Capadócia, completamente nua, reclinada sobre um leão e agitando três fachos, clama a Invocação Terrível.

As colunas oscilam como troncos de árvore, os amuletos ao pescoço dos heresiarcas chispam linhas de fogo, as constelações nas capelas se agitam, e as paredes recuam com o vaivém da turba, cada cabeça da qual é uma onda que se encrespa e ruge.

Contudo — mesmo do seio do clamor —, se eleva uma canção e gargalhadas, em que se repete o nome de Jesus.

É gente da plebe, batendo palmas para marcar o compasso. No meio deles está

ÁRIO
vestido de diácono:

Os loucos que declamam contra mim pretendem explicar o absurdo e, para os perder de vez, compus pequenos poemas tão jocosos, que se sabem de cor pelos moinhos, pelas tabernas e pelos portos.

Mil vezes não! O Filho não é coeterno do Pai, nem da mesma substância! Se o fosse, não teria dito: "Pai, afasta de mim este cálice! — Por que me chamais bom? Só Deus é bom! — Vou para o meu Deus, para o vosso Deus!" e outras palavras que atestam sua qualidade de criatura. Ela nos é demonstrada, além disso, por todos os seus nomes: cordeiro, pastor, fonte, sabedoria, filho do homem, profeta, bom caminho, pedra angular!

SABÉLIO

Eu sustento que ambos são idênticos.

ÁRIO

O concílio de Antioquia decidiu o contrário.

ANTÃO

O que é então o Verbo? O que era Jesus?

OS VALENTINIANOS

Era o esposo de Acaramoth arrependida!

OS SETHIANIANOS

Era Sem, filho de Noé!

OS TEODOSIANOS

Era Malquisedeque!

OS MERINTIANOS

Não era mais que um homem!

OS APOLINARISTAS

De que tomou a aparência! E fingiu a Paixão.

MARCELO D'ANCYRE

Era um desdobramento do Pai!

O PAPA CALIXTO
Pai e Filho são dois modos de um só Deus!

METÓDIO

Esteve primeiro em Adão, depois no homem!

CERINTO

E vai ressuscitar!

VALENTIM

Impossível, pois é celeste o seu corpo!

PAULO DE SAMOSATE

Só é Deus depois do batismo!

HERMÓGENES

Habita o sol!

E todos os heresiarcas fazem círculo à volta de Antão, que chora, a cabeça entre as mãos.

UM JUDEU
de barba ruiva, a pele maculada de lepra, se aproxima dele. E, horrendamente escarnecedor:

Sua alma era a alma de Esaú! Padecia da doença belorofontiana e, sua mãe, a perfumista, se entregou a Pentero, soldado romano, sobre uns feixes de milho, numa tarde de ceifa.

ANTÃO
subitamente, ergue e cabeça, primeiro encara a todos sem falar, depois, vai direto a eles:

Doutores, mágicos, bispos e diáconos, homens e fantasmas, para trás! Para trás! Sois todos a mentira!

OS HERESIARCAS

Temos mártires, mais mártires do que os teus, rezas mais difíceis, maiores arrebatamentos de amor, êxtases também prolongados.

ANTÃO

Mas sem revelação! Sem provas!

Nisto, começam todos a agitar rolos de papiro, tabuinhas de madeira, pedaços de couro, tiras de pano e, se empurrando uns aos outros:

OS CERINTIANOS

Aqui está o evangelho dos hebreus!

OS MARCIONITAS

O evangelho do Senhor!

OS MARCOSIANOS

O evangelho de Eva!

OS ENCRATITAS

O evangelho de Tomás!

OS CAINISTAS

O evangelho de Judas!

BASÍLIDIO

O tratado do advento da alma!

MANÉS

A profecia de Barcouf!

Antão, resiste, foge deles e descobre num canto muito sombrio,

OS VELHOS EBIONITAS
secos como múmias, de olhar apagado, sobrancelhas brancas.
Dizem com voz trêmula:

Nós o conhecemos, nós conhecemos o filho do carpinteiro. Éramos da mesma idade, nós morávamos na mesma rua. Ele se entretinha modelando passarinhos com lama, sem medo do gume das serras, ajudava seu pai no trabalho ou enrolava, para sua mãe, novelos de lã tingida. Fez depois uma viagem ao Egito, de onde trouxe grandes segredos. Nós estávamos em Jericó quando ele procurou o comedor de gafanhotos. Conversaram em voz baixa, sem que ninguém os pudesse ouvir.

Mas foi a partir desse momento que ele fez estrondo na Galileia e que se inventou muita fábula a seu respeito!

Repetem, com voz trêmula:

Nós o conhecemos... o conhecemos!

ANTÃO

Ah! Falai mais! Falai! Como era o seu rosto?

TERTULIANO

De aspecto feroz e repelente — porque tinha se sobrecarregado com todos os crimes, todas as dores, todas as deformidades do mundo.

ANTÃO

Oh, não, não! Eu imagino que todo ele era de uma formosura sobre-humana.

EUSÉBIO DE CESAREIA

Há em Paneades, encostada a um casebre, num entrelaçado de ervas, uma estátua de pedra, mandada fazer, segundo dizem, pela hemorroíssa. Mas o tempo lhe carcomeu a face, e as chuvas desgastaram a inscrição.

Uma mulher sai do grupo dos carpocracianos.

MARCELINA

Outrora, fui diácona em Roma, numa igrejinha onde mostrava aos fiéis as imagens de prata de São Paulo, de Homero, de Pitágoras e de Jesus Cristo.
Só guardei a de Jesus.

Entreabre o manto.

Queres ver?

UMA VOZ

Ele reaparece, em pessoa, quando o chamamos! Está na hora! Vem!

E Antão sente cair no braço uma mão brutal que o arrasta.

Sobe uma escada completamente escura e, após muitos degraus, chega diante de uma porta.

Nisto, quem o conduz (será Hilarião? Não sabe) diz ao ouvido de outra pessoa: "O Senhor vai chegar", e são introduzidos num quarto de teto baixo, sem móveis.

O que primeiro o impressiona é, na sua frente, uma grande crisálida cor de sangue, com cabeça de homem de onde refulgem raios e a palavra Knufis, em grego, em torno dela. Domina toda a coluna assente no meio de um pedestal. Nas outras paredes do quarto, medalhões de ferro polido, representam cabeças de animais, a de um boi, de um leão, de uma águia, de um cão e, ainda! A cabeça de um burro!

As lâmpadas de argila, suspensas embaixo destas imagens dão uma luz vacilante. Antão, por um buraco da parede, avista a lua que se reflete ao longe nas ondas, e até distingue o marulhar monótono destas, e o ruído surdo de uma quilha de navio batendo contra as pedras do cais.

Homens agachados, o rosto sob os mantos, soltam a espaços, uma espécie de latido abafado. Mulheres cochilam, a cabeça sobre os braços encruzados segurando os joelhos, e tão cheias de véus e mantos que até pareciam montes de roupa ao longo da parede. Junto delas, crianças seminuas, esqueléticas de vermina, olham, com ar entorpecido, o chamejar das lâmpadas; e nada fazem, apenas esperam alguma coisa.

Falam, em voz baixa, das famílias, ou se receitam remédios para suas doenças. Muitos vão embarcar ao amanhecer, quando a perseguição aumenta. Os pagãos, no entanto, são fáceis de enganar. "Eles creem, os bobos, que adoramos Knufis!"

Mas um dos irmãos, subitamente inspirado, se posta em frente da coluna, onde foi colocado um pão numa cesta cheia de funcho e aristolóquias.

Os outros tomaram seus lugares, formando, de pé, três filas paralelas.

O INSPIRADO
desenrola um cartaz coberto de cilindros entremeados, e começa:

No seio das trevas, baixou uma faísca do Verbo e, um grito violento irrompeu, semelhante à voz da luz.

TODOS
respondem, corpos balançando:

Kyrie eleison!

O INSPIRADO

Em seguida, foi criado o homem pelo infame deus de Israel, com auxílio daqueles:

Designando os medalhões

Astofaios, Oraios, Sabaoth, Adonai, Eloi, Iaô!
E ele jazia na lama, repugnante, débil, informe, sem alma.

TODOS
em tom lastimoso:

Kyrie eleison!

O INSPIRADO

Mas Sofia, compadecente, o vivificou com uma parcela de sua alma.
Então, vendo o homem tão belo, Deus se enfureceu, o aprisionou no seu reino e lhe proibiu a árvore da ciência.
Sofia mais uma vez o socorreu! Enviou a serpente que, mostrando os descaminhos, o fez desobedecer à lei do ódio.
E o homem, depois de provar a ciência, compreendeu as coisas celestes.

TODOS
com força:

Kyrie eleison!

O INSPIRADO

Iabdalaoth, porém, para se vingar, precipitou o homem na matéria, e com ele a serpente!

... uma grande crisálida
cor de sangue...

... caem flores, e surge a
cabeça de um píton...

TODOS
baixinho:

Kyrie eleison!

Todos se calam.
Os cheiros do porto se misturam no ar quente à fumaça das lâmpadas. Os pavios,
crepitando, vão se apagar; grandes mosquitos rodopiam. E Antão estertora de angústia:
é como que o sentimento de uma monstruosidade flutuando à volta dele, o pavor de
um crime prestes a ser cometido.
Mas

O INSPIRADO
batendo com o calcanhar, estalando os dedos, abanando a cabeça, psalmodia num
ritmo furioso ao som dos címbalos e de uma flauta aguda:

Vem! Vem! Vem! Sai da caverna!
Veloz que corres sem pernas, captador que enleias sem mãos.
Sinuoso como os rios, orbicular como o sol, negro manchado de ouro, como
o firmamento salpicado de estrelas! Semelhante aos enrolamentos da vinha e às
circunvoluções das entranhas.
Incriado! Comedor de terra! Sempre moço! Perspicaz! Venerado em Epidauro!
Bom para os homens, tu que curaste o rei Ptolomeu, os soldados de Moisés, e
Glauco, filho de Minos.
Vem! Vem! Vem! Sai da caverna!

TODOS
repetindo:

Vem! Vem! Vem! Sai da caverna!

No entanto, nada aparece.

Por quê? Que terá ele?

E combinam, propõem meios.

Um ancião oferece um monte de grama. Isto produz logo um movimento dentro da cesta. A verdura se agita, caem flores, e surge a cabeça de um píton.

Desliza lentamente pelas beiradas do pão, como um círculo que girasse em volta de um disco imóvel, depois se desenrola e se estira. É enorme e consideravelmente pesado. Para impedirem que não roce o chão, os homens o amparam com o peito, as mulheres com a cabeça, as crianças com a palma das mãos — e sua cauda saindo pelo buraco do muro, segue indefinidamente até o fundo do mar. Seus anéis desdobram, enchem o quarto, envolvem Antão.

OS FIÉIS
colando a boca contra a sua pele, disputam o pão que ele mordeu.

És tu! És tu!
Sustentado e educado por Moisés, derrubado por Ezequias, restabelecido por Messias, que te bebeu nas ondas do batismo; mas tu o abandonaste no jardim das oliveiras, e ele sentiu então toda sua fraqueza.

Enroscado na madeira da cruz, e acima da cabeça dele, babando na coroa de espinhos, tu o viste morrer. — Porque tu não és Jesus, tu és o Verbo! És o Cristo!

Antão desmaia de horror e cai diante de sua cabana, sobre os tocos de lenha, onde arde, lentamente, a tocha que deixou cair da mão.

Esta comoção lhe faz entreabrir os olhos e avista o Nilo ondulante e claro sob o luar, como uma serpente gigantesca deslizando nas areias. E o abalo é tal que a alucinação outra vez o domina, como se não tivesse deixado os ofitas. Estes o rodeiam, o chamam, carregam bagagens, descem para o porto. O eremita embarca com eles.

Decorre um tempo incalculável.

Depois, é coberto pela abóbada de um cárcere. Grades, à sua frente, riscam linhas negras em fundo azul e, a seu lado, na sombra, gente chora e reza, assistida de outra gente que os exorta e consola.

Fora, parece haver o burburinho de uma turba e o esplendor de um dia de verão. Vozes agudas apregoam melancias, água, refrescos, almofadas de capim. De vez em quando, estalam aplausos. Sente passos acima da cabeça.

Súbito, ecoa um longo mugido, forte e cavernoso como o fragor da água num aqueduto.

E distingue em frente, atrás das grades de uma outra jaula, um leão passeando e, perto, uma fila de sandálias, pernas nuas e franjas de púrpura. Mais além, rodas de povo dispostas simetricamente, vão gradualmente alargando, desde a mais baixa, que circunda a arena, até à mais alta, onde se erguem mastros que sustentam um toldo de jacinto, estendido no ar, em cordas. Escadarias radiando para o centro, cortam em lances iguais, estes grandes círculos de pedra. Os seus degraus desaparecem sob a gente sentada — cavaleiros, senadores, soldados, plebeus, vestais e cortesãs, com capuzes de lã, manípulos de seda, túnicas roxas, tiaras de pedrarias, penachos de plumas, feixes de lictor. E tudo isto fervilhando, gritando, num furioso tumulto, o ensurdece como numa imensa caldeira em ebulição. No meio da arena, num altar, fumega um vaso de incenso.

Assim, a gente que o rodeia são cristãos votados às feras. Os homens usam o manto vermelho dos pontífices de Saturno, as mulheres as faixas de Ceres. Amigos destes distribuem entre si pedaços de suas roupas e anéis. Para penetrarem na prisão, foi preciso, dizem, dar muito dinheiro. Que importa! Ficarão até o fim.

Entre estes consoladores, Antão nota um homem calvo, de túnica negra, cujo rosto já vira em algum lugar. Ele lhes fala do nada do mundo e da felicidade dos eleitos. Antão se sente transportado de amor. Aspira ao momento de derramar a vida pelo Salvador, não sabendo bem se ele próprio não será um daqueles mártires.

Mas, à exceção de um frígio de cabelo comprido, que se mantém braços erguidos, todos têm um ar de tristeza. Um velho soluça num banco e um jovem sonha, de pé, cabeça descaída.

O VELHO

não quis dar a sua contribuição, numa encruzilhada, diante de uma estátua de Minerva e considera os companheiros com ar de quem diz:

Vós devíeis ter me socorrido! Há comunidades que se combinam para estarem sempre em paz. Muitos de vós até conseguistes essas garantias, onde se declara falsamente que haveis sacrificado aos ídolos.

Pergunta:

Não foi Petrus de Alexandria que regulou o que se deve fazer depois de se vergar ao peso dos tormentos?

E para si mesmo:

Ah, é muito duro na minha idade! As enfermidades me tornam tão fraco! E, contudo, ainda podia chegar ao próximo inverno.

... na sombra, gente chora e reza,
assistida de outra gente que os exorta...

A recordação de seu pequeno jardim o enternece e fica olhando para o lado do altar.

O JOVEM
que perturbou, com pancadaria, uma festa de Apolo, murmura:

Só dependia de mim ter fugido para as montanhas!

— Os soldados te pegavam,

diz um dos irmãos.

— Oh, teria feito como Cipriano: voltaria e, na segunda vez, teria mais força, com certeza!

Agora, ele fica pensando em todos os dias que tinha para viver e em todas as alegrias que não conhecerá. Depois, olha para o lado do altar.
Mas

O HOMEM DA TÚNICA PRETA
corre para ele:

Que escândalo! Como? Tu uma vítima de eleição? Ora, todas essas mulheres olhando para ti, pensa bem! E acontece que Deus, às vezes, faz milagres. Pionius paralisou a mão dos carrascos, o sangue de Policarpo apagou as chamas da fogueira.

Voltando-se para o velho:

Pai, pai! A tua morte deve ser edificante. Se a retardares, cometerás, na certa, uma ação má que anula o fruto de todas as boas ações. De resto, o poder de Deus é infinito. Talvez o teu exemplo possa converter o povo todo.

E, na jaula da frente, os leões andam à volta sem parar.
O maior deles olha de repente para Antão, começa o rugir e solta uma baforada.

... e descobre uma planície
árida e ondulada...

As mulheres se apertam contra os homens.

O CONSOLADOR
vai de um a outro.

Que diríeis vós, que dirias tu, se te queimassem com placas de ferro, se fosses esquartejado pelos cavalos, se o teu corpo untado de mel, fosse devorado pelas moscas! Assim, tens apenas a morte de um caçador apanhado num bosque.

Antão preferia tudo isto às horríveis feras: já se imagina estraçalhado, devorado e ouve até seus ossos rangerem naquelas imensas mandíbulas.
Um gladiador entra na masmorra, os mártires tremem.
Só um fica impassível, o frígio, que rezava num canto. Incendiou três templos. Caminha de braços erguidos, boca aberta, cabeça levantada ao céu, sem nada ver, como um sonâmbulo.

O CONSOLADOR
grita:

Para trás! Para trás! Ou sereis penetrados pelo espírito de Montano!

TODOS

recuam, vociferando:

Maldito seja o montanista!

Todos os injuriam, escarram nele, são ameaçadores.
Os leões excitando-se, mordem a juba. O povo berra: "Às feras! Às feras!"
Os mártires, rompendo em soluços, se abraçam. Recebem uma taça de vinho narcótico que passam rapidamente de boca em boca.
Encostado à porta da jaula, outro gladiador espera o sinal. A porta abre-se, sai um leão.

Atravessa a arena a largos passos oblíquos. Atrás deste, em fila, aparecem mais leões, depois um urso, três panteras, leopardos. Dispersam-se como um rebanho num prado.

Ressoa o estalido de um chicote. Os cristãos cambaleiam e, para acabar com aquilo, seus irmãos os empurram. Antão facha os olhos.

Reabre os olhos. Mas as trevas o envolvem.

Aos poucos, a escuridão se dissipa e descobre uma planície árida e ondulada, como as que se veem em volta das pedreiras abandonadas.

Aqui e ali, moitas de arbustos, bem rasas, crescem entre lajes; e formas brancas, mais indecisas que nuvens, se debruçam sobre elas.

Outras chegam, suavemente. Olhos fulguram na fenda dos longos véus. Pela languidez dos passos e pelo perfume que exalam, Antão reconhece patrícias. Também há homens, mas de condição inferior, porque têm feições ao mesmo tempo ingênuas e grosseiras.

UMA DELAS
respirando fundo:

Ah, como é bom o ar da noite fria, em meio aos sepulcros! Estou tão fatigada da moleza dos leitos, do rumor dos dias, da carga do sol!

A sua serva tira de um saco de pano uma tocha que ela acende. As fiéis acendem nela as suas e vão plantá-las nos túmulos.

UMA MULHER
ofegante:

Ah! Até que enfim, aqui estou! Mas que aborrecimento ter casado com um idólatra!

OUTRA

As visitas às prisões, as conversas com nossos irmãos, tudo é suspeito a nossos maridos! E temos até que nos esconder quando fazemos o sinal da cruz, para que eles não pensem que é uma conjuração mágica.

UMA OUTRA

Com o meu, todos os dias há brigas, porque eu não quis me sujeitar aos abusos que exigia de meu corpo. E para se vingar, me fez perseguir como cristã.

MAIS OUTRA

Estão lembradas de Lúcio, aquele belo rapaz que foi, como Heitor, arrastado pelos pés atrás de um carro, desde a porta esquileana até às montanhas de Tibur? Dos dois lados do caminho o sangue manchava o mato. Recolhi algumas gotas. Vede!

Tira do peito uma esponja negra que, depois do beijar muito, atira para o meio das pedras, exclamando:

Ah, meu amigo! Meu amigo!

UM HOMEM

Faz, precisamente hoje, três anos que morreu Domitila. Foi apedrejada nas profundezas do bosque de Proserpina. Recolhi seus ossos que brilhavam como vaga-lumes no mato. A terra agora os cobre.

Ele se atira sobre um túmulo.

Ó minha noiva! Minha noiva!

TODOS
pela planície:

Ó minha irmã! Ó meu irmão! Ó minha filha! Ó minha mãe!

Estão ajoelhados, a cabeça nas mãos, ou estendidos ao comprido, de braços abertos. E os soluços que reprimem são de explodir o peito. Olham o céu, dizendo:

Tende piedade de mim, ó meu Deus! Ela padece na região das sombras! Digna-te admiti-la na Ressurreição, para que goze a tua luz!

Ou, de olhos fixos nas lápides, murmuram:

Descansa, não sofre mais! Eu te trouxe vinho, carne!

UMA VIÚVA

Aqui tens mingau feito por mim, a teu gosto, com muitos ovos e porção dobrada de farinha! Vamos comer juntos como outrora, vamos?

Tira do peito uma esponja negra que, depois do beijar muito, atira para o meio das pedras...

Leva um pouco aos lábios e, de repente, desata a rir, de forma extravagante, frenética. As outras mordiscam também um pedaço do que trazem, bebem um gole.

Contam as histórias de seus martírios; a dor as exalta, as libações se repetem. Seus olhos marejados de lágrimas, se fixam uns nos outros. Balbuciam de embriaguez e desolação; pouco a pouco, suas mãos se tocam, os véus se afastam, seus lábios unem-se e todos se enroscam sobre os túmulos, entre as taças e as tochas.

O céu começa a clarear. O nevoeiro umedece as roupas, e todos com ar de não se conhecerem se afastam uns dos outros, por diversos caminhos, no campo.

O sol brilha; o mato cresceu, a planície mudou.

E Antão vê nitidamente, através dos bambus, uma floresta de colunas, de um cinzento azulado. São galhos de árvore irradiando de um só tronco. De cada um desses galhos descem outros que mergulham no solo, e o conjunto de todas essas linhas horizontais e perpendiculares, se multiplicando indefinidamente, poderia parecer um vigamento monstruoso, se não tivesse, de espaço a espaço, um pequeno figo e uma folhagem escura como a do sicômoro.

Nas suas bifurcações, ele avista cachos de flores amarelas, violetas e fetos, semelhantes a plumas de aves.

Sob os ramos mais baixos, surgem aqui e ali os chifres de um búfalo, ou os olhos brilhantes de um antílope. Há papagaios pousados, borboletas volteando, lagartos rastejando, moscas zumbindo e, em meio ao silêncio, ouve-se como que a palpitação de uma vida profunda.

À entrada do bosque, numa espécie de pira, está uma coisa estranha — um homem — besuntado de bosta de vaca, completamente nu, mais seco do que uma múmia; suas articulações formam nós nas extremidades dos ossos que parecem paus. Tem fileiras de conchas nas orelhas, o rosto comprido, o nariz adunco. Seu braço esquerdo permanece esticado no ar, anquilosado, rígido como uma estaca. Está ali há tanto tempo que os pássaros fizeram ninho nos seus cabelos.

Nos quatro cantos da pira ardem fogueiras. O sol bate bem de frente. Ele o contempla de olhos arregalados, e sem olhar para Antão:

Brâmane das margens do Nilo, que dizes a isto?

O Gimnosofista: *... mergulhei na solidão.*
Morava na árvore atrás de mim...

Saem labaredas do todos os lados pelas frestas das traves, e

O GIMNOSOFISTA
continua:

Semelhante ao rinoceronte, mergulhei na solidão. Morava na árvore atrás de mim.

De fato, a enorme figueira apresenta, nas estrias, uma escavação natural do tamanho de um homem.

E me alimentava de flores e de frutos, com tal observância de preceitos que nem um cão sequer me viu comer.

Visto que a existência provém da corrupção, a corrupção do desejo, o desejo da sensação, a sensação do contato, fugi de toda ação, de todo contato. E, tão imóvel como a pedra de um túmulo, exalando o ar pelas narinas, fixando o olhar no nariz, e considerando o éter no meu espírito, o mundo nos meus membros, a lua no meu coração, — pensava na essência da grande Alma, de onde se escapam continuamente, como as fagulhas do fogo, os princípios da vida.

Apreendi, enfim, a Alma suprema em todos os seres, todos os seres na Alma suprema, e cheguei a fazer penetrar lá a minha alma, na qual eu tinha feito recolher os sentidos.

Recebo a ciência diretamente do céu, como a ave Tchataka que só se aplaca na malha da chuva.

E como eu já conheço as coisas, as coisas não existem mais.

Para mim, agora, não há esperança, nem angústia, nem felicidade, nem virtude, nem dia nem noite, nem tu nem eu, absolutamente nada.

Minhas austeridades terríficas me fizeram superior às potências. Uma contração do meu pensamento pode matar cem filhos de reis, destronar deuses, desmoronar o mundo.

Disse tudo isto com voz monótona.
As folhas à volta se encarquilham. Ratos fogem pelo chão.
Baixa lentamente os olhos para as labaredas que sobem, e acrescenta:

Criei tédio à forma, tédio à percepção, tédio até ao próprio saber — porque o pensamento não sobrevive ao fato transitório que o causa, e o espírito, como o mais, não passa de ilusão.

Tudo o que foi gerado há de perecer, tudo o que é morto deve reviver; os seres agora extintos hão de se deter nas matrizes ainda não formadas e voltarão à terra para servirem com sofrimento outras criaturas.

Mas, como já rolei numa série infinita de existências, sob invólucros de deuses, de homens e de animais, renuncio à viagem, não quero mais tal cansaço! Abandono o sujo albergue de meu corpo, amassado de carne, tingido com sangue, revestido de uma pele repugnante, cheia de imundices; e, como recompensa, vou enfim dormir nas profundidades do absoluto, no aniquilamento.

As labaredas sobem até seu peito e o envolvem. A cabeça passa através delas como pelo buraco do um muro. Seus olhos esbugalhados permanecem fixos.

ANTÃO
levanta-se.

A tocha caiu, incendiando os restos da lenha, e as labaredas chamuscam sua barba. Sem parar de gritar, Antão pisa o fogo e, quando tudo fica reduzido a um montão de cinzas:

Mas onde se meteu Hilarião? Estava aqui ainda há pouco.

Eu o vi!

Ah, não, é impossível! Eu me enganei!

Por quê?... Minha cabana, estas pedras, a areia, não têm, talvez, mais realidade. Estou ficando louco. Calma! Onde é que eu estava? Quem estava aqui?

Ah, o gimnosofista! Aquela morte é comum entre os sábios indianos. Kalanos se consumiu pelo fogo diante de Alexandre. Um outro fez o mesmo no tempo de Augusto. Que ódio à vida não é preciso ter! A não ser que sejam levados pelo orgulho... Não importa! é uma coragem de mártires! Quanto aos outros, acredito agora em tudo que me haviam contado sobre a devassidão que eles desencadeiam.

E antes? Sim, eu me lembro! A turba dos heresiarcas!... Quantas imprecações! Que olhares! Mas para quê tantos excessos da carne e tantas perversões do espírito?

É para Deus que eles pretendem se dirigir por todos esses caminhos! Com que direito posso falar mal deles, eu que tropeço no meu? Desapareceram quando eu ia saber mais coisas. Tudo aquilo rodopiava rápido demais; nem eu tinha tempo de responder. Agora é como se no meu entendimento houvesse mais espaço e mais luz. Já estou calmo. Sei que sou capaz... Que é isso? Pensei ter apagado o fogo!

Uma labareda se agita entre os rochedos, e logo uma voz entrecortada é ouvida, ao longe, na montanha.

Será o uivo de uma hiena, ou o soluço de algum viajante perdido?

Antão fica à escuta. A labareda se aproxima.

Ele vê aparecer uma mulher chorando, apoiada ao ombro de homem de barba branca. Ela usa um vestido de púrpura, esfarrapado. Ele, igualmente de cabeça descoberta, tem uma túnica da mesma cor e segura um vaso de bronze de onde se eleva uma pequena chama azulada.
Antão sente medo — e gostaria de saber quem é aquela mulher.

O ESTRANGEIRO (Simão)

É uma moça, uma pobre menina que vai comigo para toda a parte.

Ergue o vaso de bronze.
Antão observa a moça ao clarão daquela chama vacilante.
Tem no rosto marcas de mordidas e, ao longo dos braços, vestígios de pancadas; seus cabelos soltos engancham nos farrapos, seus olhos parecem insensíveis à luz.

SIMÃO

Às vezes, ela fica assim, muito tempo, sem falar, sem comer; depois acorda e começa a dizer coisas maravilhosas.

ANTÃO

Verdade?

SIMÃO

Enoia! Enoia! Enoia! Conta o que sabes!

Ela revira os olhos como se saísse de um sonho, passa lentamente os dedos pelas sobrancelhas, e com voz dolente:

... e segura um vaso
de bronze...

HELENA (Enoia)

Eu me lembro de uma região longínqua, cor de esmeralda. Tem uma só árvore.

Antão estremece.

Em cada intervalo dos seus enormes ramos se sustenta no espaço um par de Espíritos. Os galhos em volta se entrecruzam como as veias de um corpo, e veem circular a vida eterna desde as raízes que mergulham na sombra até o cume que excede o sol. Eu, no segundo galho, iluminava com a minha face as noites de verão.

ANTÃO
batendo na testa:

Ah, ah! Compreendo! A cabeça!

SIMÃO

pondo o dedo na boca:

Psiu!

HELENA

A vela estava inflada, a quilha fendia a espuma. Ele me dizia: "Que me importa se lanço a perturbação na minha pátria, se perco meu reino! Serás minha, no meu palácio."

E como era agradável o imenso quarto de seu palácio! Ele deitava no leito de marfim e, acariciando meus cabelos, cantava apaixonadamente.

Ao entardecer, eu avistava os dois acampamentos, as tochas que acendiam, Ulisses à entrada da tendas, Aquiles, de armadura, guiando um carro ao longo da praia.

ANTÃO

Mas ela está completamente louca! Por que?...

SIMÃO

Psiu!... Psiu!...

HELENA

Fui besuntada com unguentos e eles me venderam ao povo para o divertir.

Uma noite, de pé, tocando sistro, fazia dançar os marinheiros gregos. A chuva, como uma cachoeira, caía sobre a taberna e as taças de vinho quente fumegavam. Súbito, um homem entrou, sem que a porta se abrisse.

SIMÃO

Era eu! Até que te encontrei!

É ela, Antão, a que se denomina Sigeh, Enoia, Barbelo, Prunikos! Os Espíritos governadores do mundo tiveram ciúmes dela e a encarceraram num corpo de mulher. Foi ela a Helena dos troianos, cuja memória foi amaldiçoada pelo poeta Stesichore. Foi Lucrécia, a patrícia violada pelos reis. Foi Dalila, que cortou os cabelos de Sansão. Foi aquela filha de Israel que se entregava aos bodes. Amou o adultério, a idolatria, a mentira e a loucura. Prostituiu-se a todos os povos. Cantou em todas as encruzilhadas. Beijou todos os rostos.

Em Tiro, foi a Síria, amante de ladrões. Bebia com eles noites afora, e escondia os assassinos na vermina de seu tépido leito.

ANTÃO

E a mim que importa?...

SIMÃO
com ar furioso:

Helena *(Enoia)*

Eu a resgatei, já te disse, e a restabeleci no antigo esplendor. E de tal forma que Caio Cesar Calígula se apaixonou por ela, pois queria dormir com a Lua!

ANTÃO

E daí?...

SIMÃO

Mas é que ela é a lua! O papa Clemente não escreveu que ela foi aprisionada numa torre? Trezentas pessoas foram cercar a torre, e a cada uma das seteiras, a um tempo, se viu aparecer a lua, apesar de não haver no mundo várias luas, nem várias Enoias!

ANTÃO

Sim... acho que me lembro...

Fica pensativo.

SIMÃO

Inocente como o Cristo, que morreu pelos homens, ela se sacrificou pelas mulheres. Porque a impotência de Jeová se demonstra pela transgressão de Adão, e é preciso abalar a antiga lei, antipática à ordem das coisas.

Preguei a reforma em Efraim e Issachar, ao longo da torrente Bizor, por trás do lago de Huleh, no Vale de Magedo, e para lá das montanhas, em Bostra e em Damasco! Vinde a mim os que estão manchados de vinho, os que estão sujos de lama, os que estão salpicados de sangue, e eu limparei suas máculas com o Espírito Santo, que os gregos denominaram Minerva! Ela é Minerva! É o Espírito Santo! Eu sou Júpiter, Apolo, o Cristo, o Paracleto, o grande poder de Deus, encarnado na pessoa de Simão.

ANTÃO

Ah, és tu!... Mas eu conheço os teus crimes!

Nasceste em Gittoi, perto de Samaria. Teu primeiro amo, Dositeo, te expulsou! Execras São Paulo por ter convertido uma das tuas mulheres. E vencido por São Pedro, cheio de raiva e terror, atiraste às ondas o saco que continha os teus artifícios.

SIMÃO

Tu os queres?

Antão olha para ele, e uma voz interior murmura em seu peito: "Por que não?"
Simão prossegue:

Aquele que conhece as forças da natureza e a substância dos espíritos deve operar milagres. É o senhor de todos os sábios, e o desejo que te consome, confessa!

No meio dos romanos, me elevei a tal altura no circo, que não me viram mais. Nero ordenou que me decapitassem, mas, em vez da minha, foi a cabeça de uma ovelha que tombou no chão. Por fim, me sepultaram vivo, mas eu ressuscitei ao terceiro dia. A prova é que estou aqui!

Ele lhe dá as mãos para cheirar. Cheiram a cadáver. Antão recua.

Posso fazer rastejar serpentes de bronze, rir estátuas de mármore, falarem os cães. Posso te mostrar uma imensa quantidade de ouro, entronizar reis, fazer os povos me adorarem! Posso caminhar nas nuvens e sobre as ondas, passar através das montanhas, me fazer moço ou velho, me transformar em tigre ou em formiga, tomar a tua fisionomia ou te dar a minha, dirigir o raio. Estás ouvindo?

O trovão ribomba, os relâmpagos fuzilam.

É a voz do Altíssimo! "Porque o Eterno, teu Deus, é de fogo" e todas as criações se operam pelas emanações desse foco.

Vais receber o batismo dele — esse segundo batismo anunciado por Jesus e que tombou sobre os apóstolos, num dia de tempestade em que a janela estava aberta!

E agitando a chama com a mão, lentamente, como para aspergir Antão:

Mãe das misericórdias, tu que desvendas os segredos, para que tenhamos o repouso na oitava casa...

ANTÃO
exclama:

Ah, se eu tivesse água benta!

A chama se apaga, soltando muito fumo.
Enoia e Simão desaparecem.

Uma neblina extremamente fria, opaca e fétida, enche a atmosfera.

ANTÃO
estendendo os braços, como um cego:

Onde estou?... Tenho medo de cair no abismo. E a cruz, com certeza, está muito afastada de mim... Ah, que noite! Que noite!

Com uma rajada de vento, a neblina se dissipa, e Antão vê dois homens cobertos com longas túnicas brancas.
O primeiro é de grande estatura, fisionomia suave e porte ereto. Seus cabelos louros, apartados como os do Cristo, vão até os ombros. Atira ao ar uma varinha que trazia na mão, e que seu companheiro apara fazendo uma reverência à moda oriental. Este é baixo, gordo, feições achatadas, atarracado, cabelo crespo e face alvar.
Estão ambos descalços, de cabeça descoberta e empoeirados como pessoas que chegam de viagem.

ANTÃO
sobressaltado:

Que quereis? Falai! Ide embora!

DAMIS
que é o baixinho.

Psiu!... Ó bom eremita! O que quero? Nem sei! Aqui está o mestre.

Senta-se. O outro fica de pé. Silêncio.

ANTÃO
continua:

Estão vindo...

DAMIS

De longe... De muito longe!

ANTÃO

E vão...?

DAMIS
apontando para o outro:

Para onde ele quiser!

ANTÃO

E quem é ele?

DAMIS

Olha bem!

ANTÃO
à parte:

Parece um santo. Se eu ousasse...

O fumo se dissipou. Clareou o tempo. A lua brilha.

DAMIS

Em que estás pensando, que já nem falas?

ANTÃO

Penso... Oh, em nada.

DAMIS
dirigindo-se a Apolônio e dando várias voltas ao redor dele, sempre curvado, sem erguer a cabeça.

Mestre, é um eremita galileu que pede para conhecer as origens da sabedoria.

APOLÔNIO

Que se aproxime!

Antão hesita.

DAMIS

Aproxima-te!

APOLÔNIO
com voz altissonante:

Aproxima-te! Queres saber quem sou, o que tenho feito, o que penso! Não é isso, filho?

ANTÃO

...Se é que essas coisas podem contribuir para a minha salvação.

APOLÔNIO

Fica feliz, eu vou te dizer!

DAMIS
baixo a Antão:

Será possível? Bastou uma olhada para reconhecer em ti inclinações extraordinárias para a filosofia! Eu é que também vou aproveitar!

APOLÔNIO

Começarei por te contar que longos caminhos andei para obter a doutrina e, se achares em toda minha vida uma ação má, adverte-me — porque todos devem admoestar com palavras os que pecaram por obras.

DAMIS
para Antão:

Que homem justo, hã?

ANTÃO

Na verdade, ele me parece sincero.

APOLÔNIO

Na noite em que nasci, minha mãe achou que estava colhendo flores à beira de um lago. Após um relâmpago, ela me deu à luz entre a voz dos cisnes que cantavam no seu sonho.

Até os quinze, me mergulhavam três vezes por dia na fonte do Asbadeu, cuja água torna hidrópicos os perjuros, e me friccionavam o corpo com folhas de oriza para me manterem casto.

Uma princesa palmiriana veio me procurar uma noite e me ofereceu tesouros que ela sabia escondidos nos túmulos. Um oficiante do templo de Diana se degolou, desesperado, com o cutelo dos sacrifícios, e o governador da Cilícia, depois das suas promessas, exclamou, diante da minha família, que havia de me matar. Mas foi ele que morreu passados três dias, assassinado pelos romanos.

DAMIS
cutucando Antão:

Hã? Eu não dizia? Que homem!

APOLÔNIO

Durante quatro anos guardei o segredo completo dos pitagóricos. Nem a dor mais imprevista me arrancava um gemido, e no teatro, quando eu entrava, todos se afastavam de mim como de um fantasma.

DAMIS

Tu terias feito isso, hã?

APOLÔNIO

Terminado o tempo das penitências, procurei instruir os sacerdotes que haviam perdido a tradição.

ANTÃO

Que tradição?

DAMIS

Não interrompe! Cala a boca!

APOLÔNIO

Dissertei com os samaneanos do Ganges, com os astrólogos da Caldeia, com os magos da Babilônia, com os druidas gauleses, com os sacerdotes dos negros! Subi aos catorze olimpos, sondei os lagos da Cítia, medi a extensão do deserto!

DAMIS

E tudo isto é verdade! Eu estava lá!

APOLÔNIO

Estive primeiro no mar da Hircânia, ao qual dei a volta pelo país dos baraomates, onde está enterrado o Bucéfalo, e depois desci até Ninive. Às portas da cidade, aparece um homem.

DAMIS

Era eu! Eu, meu bom mestre! E logo o amei! O mestre era mais meigo do que uma moça e mais belo que um Deus!

APOLÔNIO
sem o ouvir:

Quis me acompanhar para me servir de intérprete.

DAMIS

Mas o mestre disse conhecer todas as línguas e adivinhar todos os pensamentos. Então, beijei a orla do seu manto e fui caminhando atrás.

APOLÔNIO

Depois de Ctesifante, entramos nas terras da Babilônia.

DAMIS

E o sátrapa soltou um grito ao ver um homem tão esquálido.

ANTÃO
à parte:

Isso quer dizer...

APOLÔNIO

O rei me recebeu de pé, junto a um trono de prata, numa sala redonda, constelada de estrelas. Da cúpula pendiam, suspensas por fios invisíveis, quatro grandes aves de ouro, de asas abertas.

ANTÃO
enlevado:

Existem na terra semelhantes coisas?

DAMIS

Babilônia! Aquilo é que é uma cidade! Todo mundo lá é rico! As casas, pintadas de azul, têm portas de bronze, e grandes escadarias que descem até o rio.

Desenhando no chão, com o cajado:

Assim, estás vendo? E há templos, praças, termas, aquedutos. Os palácios são cobertos de cobre! E então por dentro, se pudesses ver!

APOLÔNIO

Na muralha setentrional se eleva uma torre que sustenta uma segunda, uma terceira, uma quarta, uma quinta — e ainda mais três! A oitava é uma capela onde há um leito. Lá só entra a mulher escolhida pelos sacerdotes para o deus Belus. O rei da Babilônia me hospedou lá.

DAMIS

Mal reparavam em mim! Acontece que eu andava sozinho passeando pelas ruas. Procurava saber os costumes deles. Visitava as oficinas, examinava os grandes maquinismos que conduzem água aos jardins. Mas andava triste, por me sentir separado do mestre.

APOLÔNIO

Afinal, saímos da Babilônia e, ao luar, vimos de repente uma Empusa.

DAMIS

Hi! Como ele pulava com seu casco de ferro! Relinchava como um jumento, galopava pelos rochedos. O mestre o insultou e ele fugiu.

ANTÃO
à parte:

Onde será que eles querem chegar?

APOLÔNIO

Em Taxila, capital das cinco mil fortalezas, Praortes, rei do Ganges, nos mostrou a sua guarda de negros, homens de cinco côvados de altura, e nos jardins do seu palácio, sob um pavilhão de brocado verde, um elefante enorme, que, as rainhas perfumavam, para se divertirem. Era o elefante de Porus, fugido depois da morte de Alexandre.

DAMIS

E que foi encontrado numa floresta.

ANTÃO

Falam demais, como os bêbados.

APOLÔNIO

Fraortes nos fez sentar à sua mesa.

DAMIS

Que país curioso! Os senhores, bebendo, se divertem atirando flechas por baixo dos pés de uma criança dançando. Mas isso eu não acho graça.

APOLÔNIO

Quando me dispus a partir, o rei me deu um guarda-sol dizendo: "Tenho no Indo um haras de camelos brancos. Quando não te forem mais necessários, basta que sopres em suas orelhas. Eles voltarão".

Descemos ao longo do rio, caminhando de noite à luz dos vaga-lumes que brilhavam nos bambus. O escravo assobiava uma toada para afugentar as serpentes, e nossos camelos se curvavam bastante passando sob as árvores, como sob portais muito baixos.

Um dia, um negrinho que trazia um bastão de ouro na mão, nos levou ao colégio dos sábios. Iarcas, o chefe, falou dos meus antepassados, de todos os meus pensamentos, de todas as minhas ações, de todas as minhas existências. Ele havia sido o rio Indo e me fez recordar que eu havia conduzido barcos no Nilo, no tempo do rei Sesostris.

DAMIS

A mim, não disseram nada, de modo que não sei quem fui.

ANTÃO

Têm o aspecto vago de sombras.

APOLÔNIO

Encontramos à beira-mar, os cinocéfalos regorgitando leite, e que regressavam de sua expedição à ilha Taprobana. As ondas tépidas rolavam pérolas douradas a nossos pés. O âmbar rangia sob nossos passos. Esqueletos de baleia branquejavam nas fendas das escarpas. A terra, a cada dia, se fazia mais estreita do que uma sandália. E depois de lançarmos ao sol gotas do oceano, pegamos à direita, para regressar.

Tornamos a passar pela região dos aromatos, pelo país dos gangáridas, pelo promontório de Comaria, pela região dos sacalitas, dos adramitas e dos homeritas. E, por fim, através dos montes Cassanianos, do mar Vermelho e da ilhas Topazos, penetramos na Etiópia pelo reino dos pigmeus.

ANTÃO
à parte:

Como a terra é grande!

DAMIS

E quando voltamos ao nosso país, todas as pessoas que conhecíamos haviam morrido.

Antão baixa a cabeça. Silêncio.

APOLÔNIO
prossegue:

Foi por esse tempo que, no mundo, começaram a falar de mim.
A peste assolava Éfeso; mandei acabar com um velho mendigo.

DAMIS

E a peste acabou!

ANTÃO

Como? Ele expulsa as doenças?

APOLÔNIO

Em Cnido, curei o apaixonado de Vênus.

DAMIS

Sim, um louco que tinha até jurado casar com ela. Amar uma mulher, ainda passa, mas uma estátua, que tolice! O mestre pôs a mão em seu coração e logo o amor se apagou.

ANTÃO

O que! Também expulsa demônios?

APOLÔNIO

Em Tarento, levavam à cremação uma menina morta.

DAMIS

O mestre tocou seus lábios e logo ela se ergueu chamando a mãe.

ANTÃO

Como? Ressuscita mortos?

APOLÔNIO

Prognostiquei o poder a Vespasiano.

ANTÃO

Ele adivinha o futuro?

DAMIS

Havia em Corinto...

APOLÔNIO

Estando à mesa com ele nas águas de Baia...

ANTÃO

Desculpai, estrangeiros, mas já é tarde!

DAMIS

... um jovem chamado Menipo.

ANTÃO

Não! Não! Ide embora!

APOLÔNIO

Aí, entra um cachorro abocanhando uma mão decepada.

DAMIS

Uma tarde, num subúrbio, encontrou uma mulher.

ANTÃO

Não ouvistes? Ide embora!

APOLÔNIO

O cachorro circulava lentamente, ao redor dos leitos.

ANTÃO

Basta!

APOLÔNIO

Quiseram enxotá-lo.

DAMIS

Menipo acompanhou a mulher à sua casa, e se amaram.

APOLÔNIO

E batendo com o rabo no chão, o cachorro depôs a tal mão nos joelhos de Flávio.

DAMIS

Mas pela manhã, na escola, durante a lição, Menipo estava pálido.

ANTÃO

dando um pulo:

E, eles insistem! Ora! Continuem, já que não há...

DAMIS

O mestre disse: "Ô belo jovem, acaricias uma serpente e essa serpente a ti! Quando são as bodas?" Fomos todos às bodas.

ANTÃO

Está errado, é claro, ficar ouvindo isto!

DAMIS

Logo no vestíbulo, giravam os criados, as portas se abriam, porém, não se ouvia rumor de passos, nem barulho de portas. O mestre ficou junto de Menipo. Logo a noiva se enfureceu contra os filósofos. Mas a baixela de ouro, os copeiros, os cozinheiros, os doceiros desapareceram; o telhado voou, as paredes desmoronaram, e Apolônio ficou isolado, de pé, tendo apenas a seus pés uma mulher desfeita em lágrimas. Era um vampiro que satisfazia os belos moços para devorar a carne deles — porque não há nada melhor para esses fantasmas do que o sangue dos apaixonados.

APOLÔNIO

Se quiseres saber a arte...

ANTÃO

Não quero saber nada!

APOLÔNIO

Na noite em que chegamos às portas de Roma...

ANTÃO

Sim, sim! Falai da cidade dos papas!

APOLÔNIO

Um homem embriagado se colou a nós, cantando suavemente. Era um verse-jador de Nero que tinha o poder de matar quem o ouvisse com indiferença. Trazia às costas, numa caixa, uma corda tirada da cítara do imperador. Dei de ombros. Ele nos atirou lama à cara. Então, desapertei o cinto e o entreguei em suas mãos.

DAMIS

Isso eu acho que fizeste muito mal, mestre!

APOLÔNIO

O imperador, de noite, mandou me chamar ao palácio. Jogava dados com Sporus, reclinado sobre o braço esquerdo, numa mesa de ágata. Ele se virou para mim, franzindo as sobrancelhas louras e disse: "Por que é que não tens medo de mim?" E eu respondi: "Porque o Deus que te fez terrível, me fez a mim intrépido."

ANTÃO
à parte:

Há qualquer coisa inexplicável que me apavora.

Silêncio.

DAMIS
retomando, com voz aguda:

Toda Ásia, aliás, poderá testemunhar...

ANTÃO
num sobressalto:

Estou doente! Deixai-me!

DAMIS

Mas escuta. Ele viu, de Éfeso, matar Domiciano, que estava em Roma.

ANTÃO

rindo contrafeito:

Mas isso é lá possível!

DAMIS

Sim, no teatro, em pleno dia, o décimo quarto das calendas de outubro, súbito o mestre exclamou: "Estão degolando César!" e ia acrescentando: "Cai no chão; oh, como resiste! Ele se levanta; tenta fugir; as portas estão fechadas; ah, acabou, pronto! Está morto!" E nesse dia, de fato, Titus Flavius Domitianus, fora assassinado, como é sabido.

ANTÃO

Sem o auxílio do diabo... certamente...

APOLÔNIO

Ele queria me mandar matar, esse Domiciano! Damis fugira por ordem minha, e eu fiquei só na prisão.

DAMIS

Foi uma terrível audácia, devemos confessar!

APOLÔNIO

Pela quinta hora, os soldados me conduziram ao tribunal. Eu já levava meu discurso pronto, debaixo do manto.

DAMIS

Eu e outros mais estávamos na praia de Puzzolo! Julgando que ele estava morto; e chorávamos. Quando, lá pela sexta hora, de repente, o mestre apareceu e nos disse: "Sou eu!"

ANTÃO

à parte:

Como Ele!

DAMIS
em voz bem alta:

Absolutamente!

ANTÃO

Oh, não! Vós mentis! Não mentis?

APOLÔNIO

Ele desceu do céu. Eu subo lá — graças à minha virtude que me eleva à altura do Princípio.

DAMIS

Tiana, sua cidade natal, instituiu, em sua honra, um templo com sacerdotes.

APOLÔNIO
aproxima-se de Antão e lhe grita nos ouvidos:

É que eu conheço todos os deuses, todos os ritos, todas as rezas, todos os oráculos! Penetrei no antro de Trofônio, filho de Apolo! Amassei para as siracusanas os bolos que elas levam para as montanhas! Suportei as oitenta provas de Mitra! Apertei ao peito a serpente de Sabásio! Recebi a faixa dos Cabiras! Lavei Cibele nas ondas dos golfos campanianos e passei três luas nas cavernas de Samotrácia!

DAMIS
rindo tolamente:

Ah, ah, ah, penetrando nos mistérios da boa deusa!

APOLÔNIO

E agora recomeçamos a peregrinação!
Vamos ao norte, para as bandas dos cisnes e das neves. Na planície branca, os hipópodes cegos esmagam com a ponta dos pé a planta de além-mar.

DAMIS

Vem! Já é madrugada. Cantou o galo, o cavalo relinchou, a vela está içada.

ANTÃO

O galo não cantou! Ouço o grilo nas areias e vejo a lua no mesmo lugar.

APOLÔNIO

Vamos para o sul, para além das montanhas e das grandes vagas, procurar nos perfumes a razão do amor. Aspirarás o aroma do mirrodião que faz morrer os débeis. Banharás o corpo no lago cor de rosa da ilha Junônia. Verás, dormindo sobre prímulas, o lagarto que só desperta de século em século, quando cai de maduro o rubi que tem na testa. As estrelas palpitam como olhos, as cascatas cantam como liras, as flores abertas embriagam. Teu espírito há de se expandir nos ares, e assim no teu coração como no teu rosto.

DAMIS

Mestre, é tempo! O vento vai se levantar, as andorinhas despertam, já voou a folha do mirto!

APOLÔNIO

Sim, vamos partir!

ANTÃO

Não, eu fico!

APOLÔNIO

Queres que eu te ensine onde cresce a planta Balis, que ressuscita os mortos?

DAMIS

Pergunta antes sobre o androdamas que atrai a prata, o ferro e o bronze!

ANTÃO

Ah, como eu estou sofrendo!

DAMIS

Assim compreenderás a voz do todos os seres, os rugidos, os arrulhos!

APOLÔNIO

Poderás cavalgar em licornes, dragões, hipocentauros e delfins!

ANTÃO
chora.

Ai de mim!

APOLÔNIO

Conhecerás os demônios que habitam as cavernas, os que falam pelos bosques, os que agitam as ondas, os que impelem as nuvens.

DAMIS

Aperta a cinta! Amarra as sandálias!

APOLÔNIO

Eu te explicarei a razão das formas divinas, porque é que Apolo está de pé, Júpiter sentado, Vênus é negra em Corinto, quadrada em Atenas, cônica em Pafo.

ANTÃO
de mãos postas:

Que eles se vão embora! Que eles se vão embora!

APOLÔNIO

Arrancarei diante de ti as armaduras aos deuses, forçaremos os santuários, e violarás a Píton!

ANTÃO

Socorro, Senhor!

Ele corre para a cruz.

APOLÔNIO

Qual é o teu desejo? Qual o teu sonho? Basta só pensar...

ANTÃO

Jesus, Jesus, me ajuda!

APOLÔNIO

Queres que eu o faça aparecer?

ANTÃO

Quem?

APOLÔNIO

Jesus!

ANTÃO

O quê? Como?

APOLÔNIO

E será ele próprio! Tirará a coroa e conversaremos frente a frente!

DAMIS
baixo:

Responde que queres! Diz que queres!

Antão, aos pés da cruz, murmura orações. Damis começa a andar à volta dele com gestos aduladores.

Ora, bom eremita, caro santo Antão! Homem puro, homem ilustre! Homem nunca assaz louvado! Não te assustes, é um modo de falar exagerado, que a gente aprende com os orientais. Isso não impede absolutamente...

APOLÔNIO

Deixa, Damis!
Ele crê, como um bronco, na realidade das coisas. O terror que lhe causam os deuses não permite que ele os compreenda. Só sabe descer ao nível de um rei presunçoso!
Damis, meu filho, não me deixes!

Recuando, Apolônio se aproxima da beira da escarpa, a ultrapassa e fica suspenso.

Acima de todas as formas, para além da terra, para além dos céus, reside o mundo das ideias, pleno do Verbo! De um salto, transpomos o outro espaço e apreenderás na sua infinidade, o eterno, o absoluto, o ser! Vamos! Estende a tua mão! A caminho!

Ambos, lado a lado, aos poucos, se erguem no ar.
Antão, abraçado à cruz, vê os dois subirem.
Desaparecem.

V

ANTÃO

caminhando lentamente:

Este valeu por todo o inferno!

Nabucodonosor não me deslumbrou tanto. A rainha de Sabá não me causou tão profundo encanto.

Sua maneira de falar dos deuses inspira o desejo de os conhecer.

Eu me lembro de ter visto centenas deles ao mesmo tempo, na ilha Elefantina, no reinado de Diocleciano. O imperador cedera aos nômades uma grande região, com a condição de guardarem as fronteiras. E o tratado foi concluído com o nome de "Potências Invisíveis". Porque os deuses de um povo eram ignorados pelo outro povo.

Os bárbaros haviam trazido os seus. Ocupavam as colinas de areia que orlam o rio. Eram vistos carregando nos braços seus ídolos, como crianças paralíticas; ou então, navegando entre as cataratas, num tronco de palmeira, mostrando de longe os amuletos do pescoço, as tatuagens do peito. E isto não é mais criminoso do que a religião dos gregos, dos asiáticos e dos romanos!

Quando eu habitava o templo de Heliópolis, muitas vezes fiquei considerando tudo que há ao longo das paredes: abutres segurando cetros, crocodilos dedilhando liras, faces de homem com corpos de serpente, mulheres de cabeça de vaca prostradas diante dos deuses itifálicos; e suas formas sobrenaturais me arrastavam para outros mundos. Gostaria de saber o que contemplam aqueles olhos tranquilos.

Para que a matéria tenha tanto poder, é preciso que contenha um espírito. A alma dos deuses está ligada às suas imagens...

Os que têm a beleza das aparências podem seduzir. Mas os outros... os que são abjetos ou terríveis, como acreditar neles?...

Vê aparecerem rasando o chão folhas, pedras, conchas, galhos de árvore, vagas representações de animais e, por fim, uns tipos de anões hidrópicos; são deuses. Desata a rir.

Um outro riso se ouve atrás dele: Hilarião surge, vestido de eremita, muito maior do que antes, colossal mesmo.

ANTÃO

sem surpresa por encontrá-lo.

Como é preciso ser tolo para adorar isto!

HILARIÃO

Ah, sim, completamente tolo!

Desfilam agora diante deles, ídolos de todas as nações e de todas as idades, de metal, de granito, de penas, de peles curtidas.

Os mais velhos, anteriores ao Dilúvio, desaparecem sob algas que pendem como jubas. Alguns, compridos demais para a base, estalam nas juntas e se quebram pela cintura, quando andam. Outros derramam areia pelos buracos do ventre.

Antão e Hilarião se divertem muito. Eles se escangalham de tanto rir.

Em seguida, passam ídolos de perfil de carneiro. Vacilam nas pernas trôpegas, entreabrem as pálpebras e balbuciam como mudos: "Ba! Ba, ba!".

À medida que se aproximam do tipo humano, mais irritam Antão que se atira a eles dando murros e pontapés.

Os ídolos se tornam medonhos — com grandes penachos, olhos esbugalhados, braços terminados em garra, queixadas de tubarão.

E diante desses deuses, são degolados homens em altares de pedra, outros triturados em vasilhas, esmagados debaixo de carros, pregados em árvores. Há um, todo de ferro em brasa e chifres de touro, que devora crianças.

ANTÃO

Horror!

HILARIÃO

Mas os deuses reclamam sempre suplícios. Até o teu...

ANTÃO

chorando:

Não continua! Cala a boca!

O espaço cercado pelos rochedos se transforma num vale, onde um rebanho de bois pasta a erva rasa.

O pastor que os guia observa uma nuvem. Depois, lança ao ar, com voz aguda, as suas reclamações.

HILARIÃO

Como ele precisa de chuva, procura por meio de cânticos, coagir o rei do céu a abrir a nuvem fecunda.

ANTÃO
rindo:

Aí está um orgulho bem tolo!

HILARIÃO

Por que é que fazes exorcismos?

O vale se transforma num mar de leite, imóvel e sem limites.

No meio flutua um grande berço, formado pelos anéis de uma serpente, de várias cabeças, que se inclinam ao mesmo tempo, resguardando um deus adormecido lá dentro.

É menino, imberbe, mais belo do que menina e envolto em véus diáfanos. As pérolas de sua tiara brilham palidamente como luas, um rosário de estrelas dá várias voltas em seu peito e, de cabeça encostada à mão, o outro braço estendido, repousa com ar sonhador e inebriado.

Uma mulher agachada a seus pés, espera que ele acorde.

HILARIÃO

É a dualidade primordial dos brâmanes — pois o Absoluto não se exprime por nenhuma forma.

No umbigo do Deus nasceu uma flor de lótus; e no cálice desta surge outro deus de três faces.

ANTÃO

Olha que invenção!

Logo em frente deles
surgem três deusas...

HILARIÃO

Pai, Filho e Espírito Santo perfazem, também, uma só pessoa!

As três cabeças se afastam, e aparecem três grandes deuses.
O primeiro, cor de rosa, morde a ponta do dedão do pé.
O segundo, azul, agita quatro braços.
O terceiro, verde, usa um colar de caveiras.
Logo em frente deles surgem três deusas, uma envolta numa rede, outra oferecendo uma taça, a última brandindo um arco.
E esses deuses e aquelas deusas decuplicam, se multiplicam. De seus ombros nascem braços, nas extremidades dos braços, mãos segurando estandartes, machados, escudos, espadas, guarda-sóis e tambores. De suas cabeças brotam fontes, de suas narinas crescem ervas.
Montados em aves, embalados em palanquins, recostados em tronos de ouro, de pé em nichos de marfim, devaneiam, viajam, comandam, bebem vinho, aspiram flores. Dançarinas rodopiam, gigantes perseguem monstros; à entrada das grutas solitários meditam. Não se diferenciam as pupilas das estrelas, as nuvens das bandeirolas; pavões se desalteram em regatos de ouro em pó, os bordados dos pavilhões se confundem com as malhas dos leopardos, raios coloridos se entrecruzam no ar azul, com flechas que voam e turíbulos que balançam.
Tudo isto se desenrola como um imenso friso, apoiando a base nos rochedos e subindo até o céu.

ANTÃO
deslumbrado:

Que quantidade! O que eles querem?

HILARIÃO

Aquele que coça a barriga com sua tromba de elefante, é o deus solar, inspirador da sabedoria.

O que tem torres nas seis cabeças e dardos nos catorze braços, é o príncipe dos exércitos, o fogo-devorador.

O velho que cavalga um crocodilo vai lavar à praia as almas dos mortos, que serão atormentadas por aquela mulher negra, de dentes podres, dominadora dos infernos.

No carro puxado por cavalos vermelhos, guiado por um cocheiro sem pernas, passeia pelo azul o senhor do sol. O deus-lua o acompanha numa liteira atrelada por três gazelas.

De joelhos no dorso de um papagaio, a deusa da beleza oferece ao Amor, seu filho, a mama proeminente. Lá vai ela, ao longe, pulando de contentamento nos prados. Olha! Olha! Com uma mitra deslumbrante, corre agora pelas searas, sobre as ondas, paira no ar, se ostenta por toda a parte!

Entre estes deuses, tomam lugar os gênios dos ventos, dos planetas, dos meses, dos dias, e mais cem mil! Seus aspectos são múltiplos, suas transformações rápidas. Ali está um que de peixe se transforma em tartaruga; assume o focinho de um javali, a estatura do um anão.

ANTÃO

Para quê?

HILARIÃO

Para restabelecer o equilíbrio, para combater o mal. Mas a vida se esgota, as formas gastam-se; e eles precisam progredir nas metamorfoses.

De repente aparece

UM HOMEM NU
sentado no meio da areia, pernas cruzadas.

Suspenso atrás dele, vibra uma grande auréola. Os cachos de seus cabelos pretos, com reflexos azuis, contornam simetricamente uma protuberância que ele tem no alto da cabeça. Seus braços, muito compridos, descaem retos ao longo dos flancos. As mãos espalmadas, estão coladas às coxas. As solas dos pés apresentam a imagem de dois sóis. Permanece absolutamente imóvel — em frente de Antão e de Hilarião — com todos os deuses à volta; escalonados nos rochedos como nas bancadas de um circo.

Entreabre os lábios, e com voz profunda:

Eu sou o senhor da grande esmola, o socorro das criaturas, e exponho a lei aos crentes como aos profanos.

Para resgatar o mundo, quis nascer entre os homens. Os deuses choravam quando eu parti.

Procurei primeiro uma mulher como tem que ser: de raça militar, esposa de um rei, cheia de bondade, extremamente bela, de umbigo fundo e corpo rijo como o diamante. Pela lua cheia, sem ajuda de nenhum elemento masculino, penetrei no ventre dela.

Saí de lá pelo flanco direito. Algumas estrelas pararam.

HILARIÃO

murmura entre dentes:

"E quando eles viram a estrela parar, sentiram grande alegria!"

Antão observa mais atentamente.

BUDA

continuando:

Do lugar mais recôndito do Himalaia, um religioso centenário acorreu para me ver.

HILARIÃO

"Um homem chamado Simeão, que não podia morrer antes de ter visto o Cristo!"

BUDA

Fui levado às escolas. Eu sabia mais que os doutores.

HILARIÃO

"... Entre os doutores; e todos os que o ouviam ficavam maravilhados com sua sabedoria."

Antão faz sinal a Hilarião para que se cale.

BUDA

Eu meditava, sem parar, nos jardins. As sombras das árvores giravam, mas não a sombra daquela que me abrigava.

Buda: ... *Inteligência foi minha!*
Eu me tornei o Buda!

Ninguém podia me igualar no conhecimento das escrituras, na enumeração dos átomos, na condução dos elefantes, nos trabalhos de cera, na astronomia, na poesia, no pugilato, em todos os exercícios e em todas as artes!

Para sancionar os usos e costumes, tomei esposa. E passava os dias no meu palácio de rei, vestido de pérolas, nimbado de perfumes, abanado pelos leques de trinta e três mil mulheres, olhando os meus povos do alto dos meus terraços, ornados de campainhas tilintantes.

Mas o espetáculo das misérias do mundo me desviava dos prazeres. Fugi.

Mendiguei pelos caminhos, coberto de farrapos apanhados nos sepulcros; e como havia um eremita muito sábio, quis ser seu escravo; vigiava sua porta, lavava seus pés.

Aniquilei toda sensação, toda alegria, todo quebranto.

Depois, concentrando o pensamento numa meditação mais ampla, conheci a essência das coisas, a ilusão das formas.

Prontamente esgotei a ciência dos brâmanes. Andam ruídos de cobiça sob suas aparências austeras, esfregam-se com imundices, dormem sobre espinhos, julgando chegar à felicidade pelo caminho da morte!

HILARIÃO

"Fariseus, hipócritas, sepulcros caiados, raça de víboras!"

BUDA

Eu também fiz coisas espantosas — comendo apenas um grão de arroz por dia, e os grãos do arroz não eram então maiores do que hoje; meus pelos caíram, meu corpo ficou negro, meus olhos encovados nas órbitas pareciam estrelas avistadas no fundo de um poço.

Durante seis anos me conservei imóvel, exposto às moscas, aos leões e às serpentes. Os grandes sóis, os grandes aguaceiros, a neve, o raio, o granizo e a tempestade, tudo isso eu recebia sem sequer me abrigar com a mão.

Os viajantes que passavam, achando que eu estava morto, me atiravam de longe pedaços de terra!

Faltava-me a tentação do diabo.

Chamei por ele.

Vieram os seus filhos — medonhos, cobertos de escamas, nauseabundos como fossas; uivando, silvando, mugindo, entrechocando armaduras e ossos de esqueletos. Alguns cuspiam fogo pelas narinas, outros escureciam tudo com as asas, outros traziam rosários de dedos cortados, outros bebiam peçonha de serpente na palma da mão; tinham cabeças de porco, de rinoceronte ou de sapo, toda a sorte de aspectos que inspiravam repugnância ou terror.

ANTÃO
à parte:

Também já suportei isso, outrora!

BUDA

Depois, o diabo me mandou suas filhas — belas, bem pintadas, com cintos de ouro, dentes alvos como o jasmim, coxas roliças como a tromba do elefante. Algumas se espreguiçavam bocejando, para mostrarem as covinhas dos cotovelos; outras piscavam os olhos, outras começavam a rir, outras entreabriam os vestidos. Havia ali de tudo: virgens ruborizadas, matronas altivas, rainhas com grande séquito de bagagens e de escravos.

ANTÃO
à parte:

Ah, também ele?

BUDA

Tendo vencido o demônio, passei doze anos me alimentando exclusivamente de perfumes e, como tinha adquirido as cinco virtudes, as cinco faculdades, as dez forças, as dezoito substâncias, e penetrado nas quatro esferas do mundo invisível, a Inteligência foi minha! Eu me tornei o Buda!

Todos os deuses se inclinam; os que têm várias cabeças baixam todas ao mesmo tempo. Ele levanta no ar sua mão comprida e prossegue:

No intuito de libertar os seres, fiz centenas de milhares de sacrifícios. Dei aos pobres roupas de seda, leitos, carros, casas, montes de ouro e diamantes. Dei as minhas mãos aos manetas, minhas pernas aos coxos, minhas pupilas aos cegos;

cortei minha cabeça para os decapitados. Quando era rei, distribuía províncias, quando era brâmane, nunca desprezava ninguém. Quando era solitário, disse ternas palavras ao ladrão que me degolou. Quando era tigre, eu me deixei morrer de fome.

E nesta última existência, tendo pregado a lei, nada mais tenho a fazer. O grande ciclo está encerrado! Os homens, os animais, os deuses, os bambus, os oceanos, as montanhas, os grãos de areia do Ganges e as miríades de miríades de estrelas, tudo vai morrer. Até novos nascimentos, uma chama ficará oscilando sobre a ruína dos mundos desfeitos!

Agora, os deuses têm uma vertigem que os faz cambalear; caem em convulsões e vomitam as existências. Suas coroas se estilhaçam, seus estandartes voam. Arrancam os atributos, os sexos, atiram para trás das costas as taças onde bebiam a imortalidade, se estrangulam com as serpentes, desvanecem em fumo. E depois de desaparecerem...

HILARIÃO
lentamente:

Acabas de ver a crença de muitas centenas de milhões de homens!

Antão está no chão, a face nas mãos. De pé, junto dele, e virando as costas à cruz, Hilarião o observa.
Passa muito tempo.

Em seguida, aparece um ser singular com cabeça de homem e corpo de peixe. Avança erguido, suspenso, batendo a areia com a cauda — sua cara de patriarca com braços minúsculos faz rir Antão.

OANES
com voz magoada:

Respeita-me, sou contemporâneo das origens.

Habitei o mundo informe onde dormitaram animais hermafroditas, sob o peso de uma atmosfera opaca, na profundeza das sombras tenebrosas, quando ainda os dedos, as barbatanas e as asas se confundiam, e olhos sem cabeça flutuavam como moluscos, no meio de touros de face humana e serpentes de patas de cão.

Sobre o conjunto destes seres, Omoroca, vergado como um arco, estendia seu corpo de mulher. Mas Belo a cortou rente em duas metades, de uma fez a terra, da outra o céu; e os dois mundos semelhantes se contemplam mutuamente.

Em seguida, aparece um ser singular com
cabeça de homem e corpo de peixe...

Eu, primeira consciência do caos, surgi do abismo para endurecer a matéria, para regular as formas. E ensinei aos homens a pesca, as sementeiras, a escrita e a história dos deuses.

Desde então, vivo nos charcos que restam do Dilúvio. Mas o deserto se estende em volta deles, o vento arremessa para lá as areias, o sol os devora. E eu me consumo na minha camada de limo, olhando as estrelas através da água. Volto para lá.

Dá um salto e desaparece no Nilo.

HILARIÃO

É um antigo deus do povo da Caldeia!

ANTÃO
ironicamente:

Quem era então o povo da Babilônia?

HILARIÃO

Aí está ele! Podes ver!

E esse povo aparece na plataforma de uma torre quadrangular que sustenta mais seis, as quais, estreitando à medida que se elevam, formam uma monstruosa pirâmide. Dá para perceber em baixo uma grande massa escura, por certo a cidade, desenrolada na planície. O ar é frio, o céu azul escuro; incontáveis estrelas palpitam.

A meio da plataforma, se ergue uma coluna de pedra branca. Sacerdotes, em roupas de linho, rodam em volta, descrevem com suas evoluções um círculo em movimento e, de cabeça erguida, contemplam os astros.

Hilarião designa muitos deles a Santo Antão.

Oanes: ... e olhos sem cabeça
flutuavam como moluscos...

Há ali trinta principais. Quinze olham o que está acima da terra, os outros quinze o que está abaixo. Em períodos certos, um deles se lança das regiões superiores para as de baixo, enquanto outro abandona as inferiores para subir às sublimes.

Dos sete planetas, dois são benéficos, dois maléficos, três ambíguos. Tudo depende, no mundo, dessas luzes eternas. Segundo a sua posição e o seu movimento, assim se podem fazer presságios. Estás pisando o lugar mais venerando da terra. Pitágoras e Zoroastro aqui se encontraram. Há doze mil anos que esses homens observam o céu para melhor conhecerem os deuses.

ANTÃO

Os astros não são deuses.

HILARIÃO

São! dizem eles, porque em volta de nós as coisas passam e o céu, como a eternidade, permanece imutável

ANTÃO

Todavia há um Senhor.

HILARIÃO
mostrando a coluna:

Aquele ali, Belo, a primeira centelha, o sol, o másculo! A outra, que ele fecunda, fica em baixo dele!

Antão vê um jardim, iluminado por lâmpadas.
Ele está no meio da multidão, numa avenida de ciprestes. À direita e à esquerda, caminhos curtos conduzem a cabanas construídas num bosque de romãzeiras, vedadas por cercas de caniços.
Os homens, na maior parte, usam barretes pontiagudos e vestimentas recamadas com a plumagem dos pavões. Há gente do norte vestida de peles de urso, nômades de

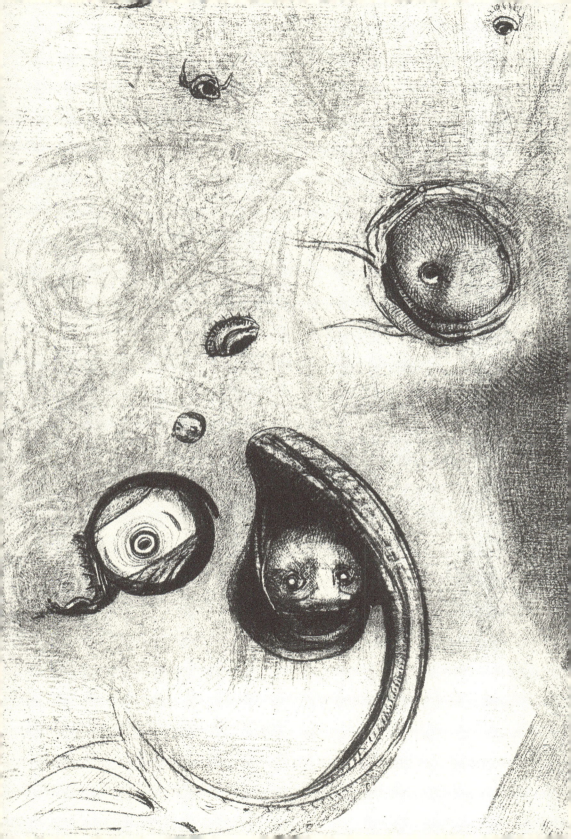

Oanes: *Eu, primeira consciência do caos,*
surgi do abismo para endurecer a matéria,
para regular as formas...

---

manto de lã parda, macilentos gangáridas de grandes brincos, e as classes como as nações
parecem se confundir, porque marinheiros e pedreiros acotovelam príncipes com tiaras
de rubis e altos bastões de castão acinzelado. Caminham todos de narinas dilatadas,
absorvidos no mesmo desejo.

De vez em quando se afastam para darem passagem a um grande carro coberto,
puxado por bois, ou então um jumento montado por uma mulher toda enrolada em
véus e que também desaparece na direção das cabanas.

Antão sente medo; gostaria de voltar para trás. Porém, uma curiosidade inexpri-
mível o arrasta.

Ao pé dos ciprestes encontram-se, em fila, mulheres acocoradas sobre peles de veado,
tendo todas por diadema uma trança de corda. Algumas, esplendidamente vestidas,
chamam, em voz alta, os transeuntes. As mais tímidas escondem o rosto com o braço,
enquanto por trás, uma matrona, por certo sua mãe, as exorta. Outras, a cabeça envolta
num xale preto e o corpo completamente nu, parecem de longe estátuas de carne. Logo
que um homem lhes atira dinheiro no colo, elas se levantam.

E ouvem-se beijos sob a folhagem e, por vezes, um grito bem agudo.

São as virgens da Babilônia que se prostituem à deusa.

ANTÃO

Qual deusa?

HILARIÃO

Ali está ela!

E mostra, ao fundo da avenida, no limiar de uma gruta iluminada, um bloco de
pedra representando o órgão sexual de uma mulher.

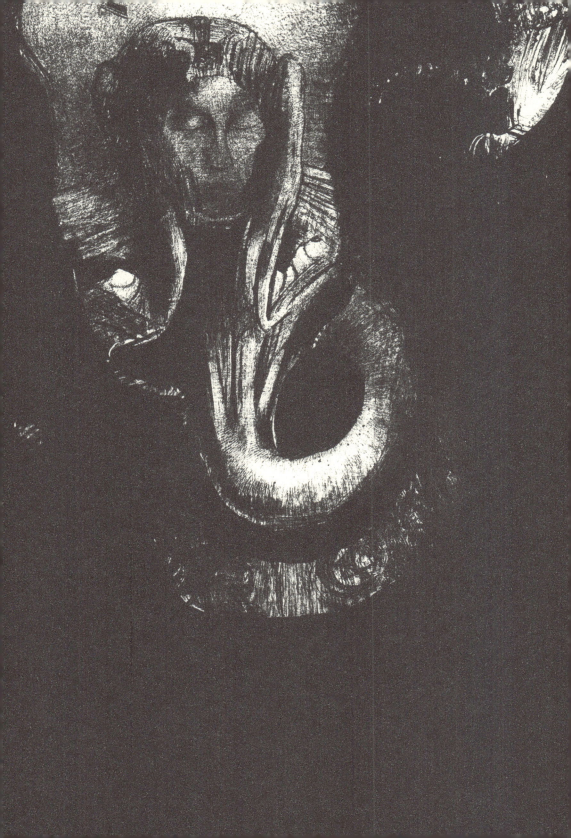

ANTÃO

Ignomínia! Que abominação dar sexo a Deus!

HILARIÃO

Mas na tua imaginação Ele é um ser vivo

Antão volta a mergulhar nas trevas.

Avista, no ar, um círculo luminoso, pousado em asas horizontais.
Esta espécie de anel envolve, como um cinto bastante largo, o tronco de um homem
minúsculo, de mitra na cabeça, coroa na mão, cuja parte inferior do corpo desaparece
sob grandes plumas que se alargam como saias.
É

ORMUZ
deus dos persas.

Girando, grita:

Tenho medo! Estou vendo sua goela.
Eu tinha te vencido, Arimânio, mas recomeças!
Primeiro, te revoltando contra mim, destróis o primogênito das criaturas, Kaiomortz, o homem-touro. Depois seduziste o primeiro casal humano, Mesquia e Mesquiané; e espalhaste as trevas nos corações, empurrando para o céu os teus exércitos.
Eu tinha os meus, o povo das estrelas; e contemplava abaixo do meu trono os astros equilibradamente agrupados.
Mitras, meu filho, habitava um lugar inacessível. Era lá que recebia e deixava sair as almas; e todas manhãs se levantava para difundir sua riqueza.
O esplendor do firmamento era refletido pela terra. O fogo sobressaía nas montanhas — imagem do outro fogo com que eu criara todos os seres. Para garanti-lo das máculas, não se incineravam os mortos. O bico das aves as levava para o céu.
Eu determinara as pastagens, a lavoura, a lenha dos sacrifícios, a forma das taças, as palavras que devem ser ditas durante a insônia. Meus sacerdotes se mantinham continuamente em oração, a fim de que a homenagem tivesse a eternidade de deus. Todos se purificam com água, oferecíamos pão nos altares, os crimes eram confessados em voz alta.
Homa deu de beber aos homens para lhes comunicar sua força.

Enquanto os gênios do céu combatiam demônios, os filhos de Irã perseguiam as serpentes. O rei, rodeado por uma imensa corte que o servia de joelhos, representava a minha imagem, usava o meu toucado. Seus jardins tinham a magnificência de uma torre celeste, e seu túmulo o representava degolando um monstro — emblema do Bem que extermina o Mal.

Porque eu tinha um dia, graças ao tempo sem limites, que vencer, definitivamente, Arimânio.

Mas o intervalo que nos separa desaparece, a noite cai! Que os amschaspands, os izeds, os feruers, me auxiliem! Socorro, Mitras! Pega tua espada! Caosiac, que deves voltar para libertação universal, me defende! Como?... Ninguém!

Ah, vou morrer! Arimânio ganhaste! Agora és o senhor!

Hilarião, atrás de Antão, contém um grito de alegria — e Ormuz submerge nas trevas.

Agora aparece

A GRANDE DIANA DE ÉFESO

negra, de olhos muito brilhantes, cotovelos aos flancos, os antebraços afastados, mãos abertas.

Sobem leões em seus ombros; frutos, flores e estrelas se entrelaçam em seu peito; mais abaixo se estendem três filas de mamas; e desde o ventre até os pés, está apertada numa cinta de onde irrompem, só pela metade, touros, cervos, grilos e abelhas. Tudo é visto sob o pálido clarão produzido por um disco prateado, redondo como a lua cheia, bem atrás de sua cabeça.

Onde está o meu templo?
Onde as minhas amazonas?
Que é que estou sentindo... eu, a incorruptível? Estou desfalecendo!

Suas flores murcham. Seus frutos caem de tão maduros. Os leões, os touros, dobram o pescoço, os cervos se babam exaustos e as abelhas, zumbindo, morrem pelo chão.

Espreme uma a uma suas mamas. Estão todas secas! Num esforço desesperado faz estourar a cinta. Coloca-a no braço, como a cauda de um vestido, enrola os animais, as florescências, e mergulha na obscuridade.

Ao longe, vozes murmuram, resmungam, rugem, mugem e estrondeiam. Grandes baforadas aumentam o negrume da noite. Desabam gotas quentes de chuva.

O mais velho do bando: *Eis aqui a boa
deusa que gerou as montanhas...*

ANTÃO

Como é bom o perfume das palmeiras, o frêmito das folhas verdes, a transparência das fontes! Gostaria de me deitar de comprido na terra, para senti-la contra o meu coração; e minha vida se reforçaria na sua eterna juventude!

Ouve som de castanholas e címbalos e, no meio de uma multidão rústica, homens vestidos de túnicas brancas com riscos vermelhos conduzem um jumento ricamente ajaezado, fitas na cauda, os cascos pintados.

Uma caixa, coberta com um xairel amarelo, balança no dorso do jumento entre duas cestas; uma recebe as oferendas que lhe lançam: ovos, uvas, peras e queijos, aves, moedas; a outra está cheia de rosas que os condutores do animal desfolham diante dele, sempre caminhando.

Os homens usam brincos, grandes mantos, os cabelos entrançados, as faces caiadas; na cabeça uma coroa de oliveira rematada por um medalhão; punhais na cintura; e fazem estalar chicotes de cabo de ébano com três correias guarnecidas de ossos.

Os últimos do cortejo pousam no chão, direito como um candelabro, um grande pinheiro ardendo no topo e cujos ramos mais baixos dão sombra a um cordeiro.

O jumento para. Retiram o xairel. Por baixo, há uma segunda cobertura de feltro escuro. Em seguida, um dos homens das túnicas brancas começa a dançar, tocando crótalos; outro, de joelhos diante da caixa, toca tamborim, e

O MAIS VELHO DO BANDO
começa:

Eis aqui a boa deusa que gerou as montanhas, a grande mãe da Síria! Aproximai-vos amigos!

Ela dá alegria, cura os doentes, manda heranças, e satisfaz namorados.

Somos nós que a passeamos no campo quer chova quer faça sol.

Dormimos muitas vezes ao ar livre e nem todos os dias temos boa mesa. Ladrões moram nos bosques. Feras saltam das cavernas. Caminhos escorregadios beiram os precipícios. Aqui está ela! Aqui está!

Tiram a cobertura e vê-se uma caixa incrustada de pedrinhas miúdas.

Mais alta do que os cedros, ela paira no éter azul. Mais vasta do que o vento, envolve o mundo. Sua respiração exala pelas narinas dos tigres, sua voz ruge nos vulcões, sua cólera é a tempestade; a palidez de sua face deu a brancura à lua. Amadurece as searas, dilata as crostas das árvores, faz crescer a penugem dos frutos e das plantas. Dai qualquer coisa, que ela detesta os avarentos.

A caixa se entreabre e deixa ver sob um pavilhão de seda azul uma pequena imagem de Cibele — faiscando lantejoulas, coroada de torres e sentada num carro de pedra vermelha, puxado por dois leões aguerridos.
A multidão se espreme para vê-la

O ARQUIGAL
continua:

Ela gosta do rufar dos timbales, do bater dos pés, do uivar dos lobos, das montanhas sonoras e dos desfiladeiros profundos, flor da amendoeira, da romã e dos figos verdes, do rodopiar das danças, do tocar das flautas, da seiva adocicada, das lágrimas salgadas e do sangue! Salve! Salve, mãe das montanhas!

Começam todos a se flagelar com os chicotes e, a cada chicotada, seus peitos fazem eco, a pele dos tamborins quase rebenta, vibrando. Pegam em facas e se esfaqueiam os braços.

Ela está triste, estejamos tristes! É para agradá-la que precisamos sofrer! Assim, todos os pecados serão remidos. O sangue tudo lava; e se lhe atirarem gotas, como flores, ela vai pedir o sangue de outro — de um puro!

Ele levanta a faca sobre o cordeiro.

ANTÃO
horrorizado:

Não degoles o cordeiro!

Espirra uma golfada rubra.
O sacerdote asperge a multidão com o sangue que corre, e todos — incluindo Antão e Hilarião — dispostos ao redor da árvore incendiada, observam em silêncio as últimas palpitações da vítima.

Do meio dos sacerdotes surge uma mulher, exatamente igual à imagem contida na caixinha.

Ela para ao ver um jovem com um barrete frígio.

Ele usa calças justas nas coxas, com aberturas em losangos regulares, enlaçadas com fitas coloridas. Encosta o cotovelo a um dos galhos da árvore, segurando, em atitude lânguida, uma flauta na mão.

CIBELE

abraçando o jovem pela cintura:

Para te encontrar, percorri todas as regiões — e a fome assolava os campos. Tu me enganaste! Não importa, eu te amo! Aquece o meu corpo! Vamos nos unir!

ATIS

A primavera não voltará mais, ó mãe eterna! Apesar do meu amor, não me é possível penetrar na tua essência. Gostaria de usar uma roupa pintada como a tua. Invejo os teus seios plenos de leite, os cabelos compridos, os vastos flancos de onde irrompem os seres, Oh, não ser eu tu mesma! Não ser eu mulher! — Não, nunca! Desaparece! Minha virilidade me horroriza!

Ele se castra com uma pedra cortante. Depois começa a correr, brandindo o membro cortado.

Os sacerdotes fazem o mesmo que o deus, os fiéis o mesmo que os sacerdotes. Homens e mulheres trocam as roupas, se abraçam. E este turbilhão de carnes ensanguentadas se afasta, enquanto as vozes, sem cessar, vão se tornando mais ásperas e estridentes, como as que se ouvem nos funerais.

Um grande catafalco forrado de púrpura tem em cima um leito de ébano, rodeado de tochas e de cestas de filigrana de prata, onde verdejam alfaces, malvas e funcho. Nos degraus, de alto a baixo, estão mulheres sentadas, todas vestidas de preto, o cinto desapertado, pés descalços, segurando com ar melancólico grandes ramos de flores.

No chão, em cada canto do estrado, urnas de alabastro cheias de mirra fumegam lentamente.

No leito está o cadáver de um homem. Escorre sangue de sua coxa. Tem um braço pendente: suas unhas são lambidas por um cão ganindo.

A fila cerrada das tochas impede que se veja seu rosto. Antão é tomado de angústia. Tem medo de reconhecer alguém.

Os soluços das mulheres param, e depois de um intervalo de silêncio,

TODAS

psalmodiando em coro:

Belo! Belo! É belo! Basta de dormir, levanta a cabeça! De pé!

Respira nossos ramos! São narcisos e anêmonas, colhidos no jardim para te agradar. Queremos que te reanimes, porque assim nos dás medo!

Fala! O que te falta? Queres beber vinho? Queres te deitar nas nossas camas? Queres comer pães de mel com forma de passarinho?

Vamos apertar suas ancas, beijar seu peito! Aaaah! Aaah! Não sentes nossos dedos carregados de anéis percorrendo o teu corpo, nossos lábios procurando a tua boca e os nossos cabelos acariciando tuas coxas, deus estático, surdo a nossos rogos!

Soltam gritos, arranhando o rosto com as unhas. Por fim, emudecem. Só se ouvem os ganidos do cão.

Ai! Ai de nós! Sangue escuro corre pela sua carne de neve! Seus joelhos se torcendo, suas costelas mirrando... As flores de sua face umedecem na púrpura. Morreu! Ah, choro e desolação!

Vão todas em fila depor entre as tochas suas longas tranças, semelhantes de longe a serpentes negras ou louras. E o catafalco baixa lentamente até o nível de uma gruta, um sepulcro tenebroso que se abre ao fundo, de par em par.
Agora

UMA MULHER

inclina-se sobre o cadáver.

Seus cabelos, que ela não cortou, a cobrem da cabeça aos pés. Derrama tantas lágrimas que sua dor não deve ser como a das outras, mas mais do que humana, infinita.
Antão pensa na mãe de Jesus.
A mulher diz:

Fugias do Oriente e me tomavas nos braços, todo fremente de orvalho, ô sol! Pombas esvoaçavam pelo azul de teu manto, nossos beijos sopravam brisas na folhagem, e eu me abandonava ao teu amor gozando o prazer da minha fraqueza.

Ai! Ai de mim! Por que ias correr montes?

No equinócio de outono, foste ferido por um javali!

Estás morto, e as fontes choram, as árvores se inclinam, o vento do inverno silva nos brejos esquálidos.

Meus olhos vão se fechar, posto que as trevas te envolvem. Agora habitas do outro lado do mundo, perto da minha rival mais poderosa.

Ô Perséfone, tudo o que é belo desce para ti e não volta mais!

Enquanto esta falava, as companheiras pegavam no morto para o descerem ao sepulcro. Ficam com ele nas mãos. Não era mais que um cadáver de cera.
Diante disto, Antão sente um alívio.
Tudo se desvanece — e a cabana, os rochedos, a cruz reaparecem.

Ele vê, porém, do outro lado do Nilo, uma mulher, de pé, no meio do deserto.
Segura com a mão a barra de um grande véu negro que lhe cobre o rosto, trazendo no braço esquerdo uma criança que amamenta. A seu lado está um macaco acocorado na areia.
A mulher levanta a cabeça para o céu e, apesar da grande distância, sua voz é ouvida.

ÍSIS

Ô Neith, princípio das coisas! Ámon, senhor da eternidade, Ptha, demiurgo, Thoth, sua inteligência, deus do Amenti, tríades particulares dos nomos, gaviões do azul, esfinges da beira dos templos, íbis pousadas entre os cornos dos bois, planetas, constelações, praias, murmúrios do vento, reflexos da luz, dizei-me onde se encontra Osíris!

Eu o procurei em todos os canais e em todos os lagos e mais para além ainda, até Biblos, a fenícia. Anubis, orelhas em pé, pulava à minha volta, latindo e buscando com o focinho as moitas dos tamarindos. Obrigado, meu bom cinocéfalo, obrigado!

Dá ao macaco algumas pancadinhas afetuosas na cabeça.

O horrendo Tífon de pelo ruivo o esquartejara! Encontramos todos os seus membros, menos aquele que me tornava fecunda!

Solta agudos lamentos.

ANTÃO
tem um acesso de fúria. Ele a apedreja e a injuria.

Impudica! Vai embora! Vai!

HILARIÃO

Tem respeito por ela! Era a religião de teus avós! No berço, eram os amuletos dela que usavas.

Ísis: ... *Eu sempre serei a grande Ísis!*
Ninguém ainda me levantou o véu! Meu fruto é o sol!...

ÍSIS

Em outros tempos, quando voltava o verão, a inundação expulsava para o deserto os animais impuros. Os diques se abriam, as barcas se chocavam, a terra, ofegante, bebia o rio com sofreguidão. Deus de cornos de touro, quando te estendias sobre meu peito, podíamos ouvir o mugido da vaca eterna!

As semeaduras, as colheitas, as malhações e as vindimas se sucediam regularmente, segundo a alternância das estações. Em noites sempre puras cintilavam grandes estrelas. Os dias eram banhados de constante esplendor. Podíamos ver, como um divino par, o sol e a lua de cada lado do horizonte.

Ambos entronizados num mundo mais sublime, monarcas gêmeos, esposos desde o seio da eternidade, ele com um cetro encimado por Cucufá, eu com um cetro de flor de lótus, ambos de pé, as mãos juntas. E o desmoronar dos impérios não mudava nossa atitude.

O Egito se estendia a nossos pés, monumental e austero, comprido como o corredor de um templo, com obeliscos à direita, pirâmides à esquerda, um labirinto no meio e, por toda parte, avenidas de monstros, florestas de colunas, possantes pilares flanqueando portas que têm no topo o globo terrestre entre duas asas.

Os animais do seu zodíaco encontravam-se nas suas pastagens, enchiam de formas e de cores sua misteriosa escrita. Dividido em doze regiões, como o ano em doze meses — tendo cada mês, cada dia o seu deus — reproduzia a ordem imutável do céu. E o homem, expirando, não perdia as feições, mas saturado de perfumes, tornado indestrutível, ia dormir durante três mil anos num Egito silencioso.

Este, mais vasto que o outro, se estendia por debaixo da terra.

O acesso lá, era descendo por escadarias que conduziam a salas onde estavam reproduzidas as alegrias dos bons, as torturas dos maus, tudo que acontece no terceiro mundo invisível. Alinhados ao longo das paredes, os mortos, em esquifes pintados, esperavam a vez, e a alma, dispensada das emigrações, continuava seu adormecimento até despertar em outra vida.

Osíris, no entanto, vinha me ver algumas vezes. Sua sombra me fez mãe de Harpócrates.

Contempla a criança:

É a cara dele! São seus olhos, seus cabelos entrançados em chifres de carneiro!

Erguendo a criança:

Recomeçarás as obras dele. Refloriremos como lótus. Eu sempre serei a grande Ísis! Ninguém ainda me levantou o véu! Meu fruto é o sol!

Sol da primavera, há nuvens encobrindo tua face! O sopro de Tífon devora as pirâmides. Há pouco, vi fugir a esfinge. Galopava como um chacal.

Procuro meus sacerdotes — meus sacerdotes de manto de linho, com grandes harpas e que carregavam um barquinho místico ornado de pateras prateadas. Acabaram as festas nos lagos! Acabaram as iluminações no meu delta e as taças de leite em File! Faz muito tempo que Apis não voltou a aparecer.

Egito! Egito! Teus grandes deuses imóveis têm os ombros esbranquiçados pela sujidade das aves, e o vento que cruza o deserto faz rodopiar a cinza de teus mortos! — Anúbis, guardião das sombras, não me abandone!

O cinocéfalo desmaiou.
Ela sacode a criança.

Mas... que tens?... Tuas mãos estão frias, a cabeça descaída!

Harpócrates acaba de morrer.
Ela dá um grito tão agudo, fúnebre e dilacerante, que Antão responde com outro grito, abrindo os braços para a amparar.
Mas ele não a vê mais. Baixa o rosto, profundamente envergonhado.

Tudo que acaba de ver se confunde em seu espírito. É como o atordoamento de uma viagem, a ressaca de uma embriaguez. Queria odiar e, entretanto, uma vaga piedade amolece seu coração. Chora sem parar.

HILARIÃO

Quem te deixou tão triste?

ANTÃO

depois de buscar, por muito tempo, em seu íntimo:

Penso em todas as almas perdidas por esses falsos deuses!

HILARIÃO

Não achas que eles são... por vezes... parecidos com o verdadeiro?

ANTÃO

É uma astúcia do diabo para melhor seduzir os fiéis. Ataca os fortes por meio do espírito, os outros por meio da carne.

HILARIÃO

Mas a luxúria, nos seus furores, não cuida de penitências. O amor frenético do corpo acelera a destruição deste, e proclama pela sua fraqueza a extensão do impossível.

ANTÃO

Isso não tem nada a ver comigo! Sinto nojo vendo esses deuses completamente entregues a carnificinas e incestos!

HILARIÃO

Precisas ter em mente, nas Escrituras, todas as coisas que escandalizam e não podemos compreender. Assim, esses deuses, com suas formas criminosas, podem conter a verdade.
Ainda há muito o que ver. Volta a olhar!

ANTÃO

Não, não! É um perigo!

HILARIÃO

Ainda há pouco os querias conhecer. Tua fé é capaz de vacilar sob as mentiras? Que receias?

Os rochedos, em frente de Antão, se transformam numa montanha.

Uma fileira de nuvens a corta a meia altura e, acima surge outra montanha, enorme, toda verdejante, escavada por diferentes vales, e tendo no topo, entre um bosque de loureiros, um palácio de bronze com telhas de ouro e capitéis de marfim.

No centro do peristilo, num trono, JÚPITER, colossal, torso nu, segura numa das mãos a vitória e na outra o raio; a águia, entre suas pernas, ergue a cabeça.

JUNO, perto dele, revira seus grandes olhos, encimados por um diadema de onde escapa como um vapor, um véu flutuando ao vento.

Atrás, MINERVA, ereta num pedestal, se apoia à lança. A pele da górgone cobre seu peito, e um dos mantos de linho descai em pregas regulares até às pontas dos pés. Seus olhos glaucos, que brilham sob a viseira, olham atentamente ao longe,

À direita do palácio, o velho NETUNO cavalga um delfim batendo com as barbatanas num imenso espaço cor de anil, que é o céu ou o mar, pois a perspectiva do oceano continua no éter azul; os dois elementos se confundem.

Do outro lado, PLUTÃO, bárbaro, de manto cor da noite, com uma tiara de diamantes e um cetro de ébano, está no meio de uma ilha rodeada pelas circunvoluções do Estige, e este rio de sombra se lança nas trevas que abrem sob a escarpa um grande buraco negro, um abismo sem formas.

MARTE, vestido de bronze, agita com ar furioso seu grande escudo e sua espada.

HÉRCULES, mais abaixo, o contempla apoiado à maça.

APOLO, de expressão radiante, conduz com o braço direito estendido quatro cavalos brancos, a galope. E CERES, numa carroça puxada por bois, avança para ele com uma foice na mão.

BACO vem atrás dela, num carro muito baixo, frouxamente puxado por linces. Gordo, imberbe e com ramos de videira na fronte, passa segurando uma cratera de onde transborda vinho. Sileno, a seu lado, cambaleia sobre um burro. Pã, de orelhas pontiagudas, sopra um siringe. Os mimaloneides batem tambores, as mênades atiram flores, as bacantes rodam a cabeça descaída para trás, cabelos soltos.

DIANA, de túnica arregaçada, sai do bosque com suas ninfas.

Ao fundo de uma caverna, VULCANO malha o ferro entre os cabiras. Aqui e ali, os velhos rios, encostados em pedregulhos verdes, derramam suas urnas. As musas, de pé, cantam pelos vales.

As Horas[1], da mesma estatura, de mãos dadas, e MERCÚRIO pousado obliquamente num arco-íris, de chapéu, caduceu e asas nos pés.

Mas no topo da escadaria dos deuses, entre nuvens macias como plumas e cujas volutas girando deixam cair rosas, VÊNUS-ANADIOMENES mira-se num espelho; suas pupilas giram langorosamente sob as pálpebras um pouco espessas.

Tem longos cabelos louros que vão até às costas, seios pequenos, cintura fina, as ancas alargadas como o contorno das liras, as coxas bem roliças, covinhas nos joelhos e pés delicados. Perto de sua boca esvoaça uma borboleta. O esplendor do seu corpo faz em

---

[1] As Horas eram três: Talo, Carpo e Auxo. (N.T.)

volta dela uma aura de nácar brilhante, e todo o resto do Olimpo está banhado numa aurora vermelha que suaviza insensivelmente as alturas do céu azul.

ANTÃO

Ah, meu peito se abre! Uma alegria que eu ignorava vai até o fundo da minha alma! Como é belo! Como é belo!

HILARIÃO

Eles se debruçavam do alto das nuvens para manejarem as espadas, e eram encontrados à beira dos caminhos, de todas as casas — e tal familiaridade divinizava a vida.

Esta só tinha por fim ser livre e bela. Os trajes amplos facilitavam a nobreza das atitudes. A voz do orador, exercitada pelo mar, batia em ondas sonoras os pórticos de mármore. O efebo, ungido de óleo, lutava completamente nu em pleno sol. A mais religiosa das ações era expor formas puras.

E esses homens respeitavam as esposas, os velhos, os suplicantes. Por trás do templo de Hércules havia um altar à Piedade.

As vítimas eram imoladas com os dedos enfeitados de flores. Até a saudade era isenta da podridão dos mortos. Deles apenas restava um pouco de cinza. A alma, misturada ao éter sem limites, partira para os deuses!

Ele se debruça para falar ao ouvido do eremita:

E todos eles permanecem vivos! O imperador Constantino adora Apolo. Podes encontrar a Trindade nos mistérios de Samotrácia, o batismo em Ísis, a redenção em Mitras, o martírio de um deus nas festas de Baco. Proserpina é a Virgem!... Aristeu, Jesus!

ANTÃO
fica de olhos baixos. De repente, começa a dizer o símbolo de Jerusalém — tal como se lembra — soltando a cada frase um longo suspiro:

Creio em um só Deus, o Pai, creio num só Senhor, Jesus Cristo, filho primogênito de Deus — que foi encarnado e se fez homem — que foi crucificado, morto e sepultado — que subiu aos céus — de onde há de vir para julgar os vivos e os mortos — e cujo reino não terá fim; creio em um só Espírito Santo — em um só batismo de redenção — em uma só santa Igreja Católica — creio na ressurreição da carne — na vida eterna!

Logo a cruz começa a crescer e, atravessando as nuvens, projeta uma sombra no espaço dos deuses.

Todos empalidecem. O Olimpo oscila.

Antão avista na sua base, meio perdidos nas cavernas, ou carregando pedras às costas, enormes corpos acorrentados. São os titãs, os gigantes, os hecateus, os ciclopes.

UMA VOZ

eleva-se, indistinta e formidável, como o rumor das ondas, como o barulho dos bosques sob a tempestade, como o mugido do vento nos precipícios:

Nós todos já sabíamos disso! Os deuses iriam acabar. Urano foi mutilado por Saturno, Saturno por Júpiter. E este será também aniquilado. A cada um sua vez, é o destino!

e, pouco a pouco, eles se dissolvem na montanha, desaparecem.

Entretanto, voam as telhas do palácio de ouro.

JÚPITER

desceu do trono. O raio, a seus pés, fumega como um tição a se apagar. E a águia, alongando o pescoço, cata com o bico suas penas espalhadas.

Então já não sou mais o senhor das coisas, o boníssimo, o mui grande deus dos fratrias e dos povos gregos, ancestral de todos os reis, Agamenon do céu!

Ô águia das apoteoses, que sopro do Érebo te impeliu até mim? Ou, voando do campo de Marte, me trazes a alma do último dos imperadores?

Já não quero as almas dos homens! Que a terra as guarde, e eles que se agitem no meio de sua baixeza. Eles agora têm natureza de escravos, esquecem as ofensas, os antepassados, o juramento, e por toda parte triunfa a estupidez das multidões, a mediocridade do indivíduo, a fealdade das raças!

A respiração quase estoura a ossatura de seu peito, contorce os punhos. Hebe, em prantos, entrega-lhe uma taça. Júpiter a aceita.

Não, não! Enquanto houver, não importa onde, uma cabeça pensante que odeie a desordem e conceba a lei, o espírito de Júpiter viverá!

Mas a taça está vazia.

Ele a inclina lentamente sobre a unha do dedo.

Nem mais uma gota! Quando falta a ambrosia os imortais acabam!

A taça cai de suas mãos e ele desliza por uma coluna, se sentindo morrer.

JUNO

Não devias ter tido tantos amores! Águia, touro, cisne, chuva de ouro, nuvem e chama, tomaste todas as formas, dispersaste tua luz em todos os elementos, perdeste teus cabelos em todos os leitos! O divórcio é irrevogável desta vez, e nosso domínio, nossa existência se dissolve!

Ela se afasta no ar.

MINERVA
já está sem lança, e os corvos que se aninhavam nas esculturas do friso esvoaçam em torno dela, mordiscam seu capacete.

Deixai que eu veja se os meus navios, cortando o mar resplendente, regressaram aos meus três portos, que saiba por que os campos estão desertos e o que estão fazendo agora as mulheres de Atenas.

No mês de hecatombeon, todo meu povo se dirigia a mim, guiado por magistrados e sacerdotes. Depois, avançando em roupagens brancas e túnicas de ouro, as longas filas de moças segurando taças, cestas, guarda-sóis; em seguida, os trezentos bois do sacrifício, velhos agitando galhos verdes, soldados entrechocando as armaduras, efebos cantando hinos, tocadores de flauta, de lira, rapsodos, dançarinas e, por fim, no mastro de uma galera sobre rodas, meu grande véu bordado por virgens, alimentadas durante o ano de maneira particular, o qual, depois de ser mostrado em todas as ruas, praças, e diante de todos os templos, no meio do cortejo sempre psalmodiando, subia a passo a colina da Acrópole, roçava o pórtico e entrava no Partenon.

Mas uma perturbação tomou conta de mim. De mim, a laboriosa! Como, como? Nem uma ideia! Aqui estou eu tremendo mais do que uma mulher!

Vê atrás dela uma ruína, solta um grito e, ferida na testa, cai de costas no chão.

HÉRCULES
joga fora sua pele de leão e, firmando os pés, arqueando as costas, mordendo os lábios, faz esforços supremos para sustentar o Olimpo que desaba.

Venci os carcopes, as amazonas e os centauros. Matei muitos reis. Quebrei o chifre de Aqueleo, um grande rio. Dividi montanhas, reuni oceanos. Países escravos eu os libertava, países ermos eu os povoava. Percorri as Gálias. Atravessei o deserto onde há sede. Defendi os deuses e me desembaracei de Onfale. Mas o Olimpo é pesado demais. Meus braços fraquejam. Morro!

É esmagado pelos escombros.

PLUTÃO

A culpa é tua, Anfitrionade! Por que desces ao meu império?

O abutre que devora as entranhas de Titios ergueu a cabeça, Tântalo molhou os lábios, a roda Ixion parou.

Entretanto, os Keres estendiam as garras para segurarem as almas, as Fúrias desesperadas torciam as serpentes dos cabelos, e Cérbero, preso por ti com uma corrente, agonizava, babando-se pelas três goelas.

Deixaste a porta entreaberta. Outros vieram. O dia dos homens penetrou no Tártaro!

Ele some nas trevas.

NETUNO

Meu tridente não provoca mais tempestades. Os monstros que causavam medo apodreceram no fundo das águas.

Anfitrite, cujos pés brancos corriam sobre a espuma, as verdes nereidas que se avistavam no horizonte, as sereias escamosas que paravam os navios para contar histórias, e os velhos tritões que sopravam conchas, morreram todos! Desapareceu a alegria do mar!

Assim não posso sobreviver! Que o vasto oceano me amortalhe!

Ele se dissolve no azul.

DIANA
vestida de preto, e no meio de seus cães transformados em lobos.

O desafogo dos grandes bosques me embriagou, assim como o cheiro das feras e a exalação dos pântanos. As mulheres, cuja gravidez eu protegia, parem filhos mortos. A lua treme com o sortilégio das feiticeiras. Tenho desejos de violência e de imensidade. Quero ingerir venenos, e me perder nos vapores, nos sonhos!...

É arrebatada por uma nuvem que passa.

MARTE

de cabeça descoberta, ensanguentado.

No começo, eu combati só, provocando com imprecações um exército inteiro, indiferente às pátrias, por simples gosto de carnificina.

Depois, tive companheiros. Marchavam ao som das flautas, em perfeita ordem, com passo cadenciado, respirando por cima dos escudos, o penacho alto, a lança oblíqua. A gente se atirava à batalha com gritos de águia. A guerra era alegre como um festim. Trezentos homens se opuseram a toda a Ásia.

Mas eles voltam, os bárbaros! E aos milhões, às miríades! Já que o número, as máquinas e a astúcia são mais fortes, melhor é acabar como um bravo!

Ele se mata.

VULCANO

enxugando o suor com uma esponja:

O mundo está esfriando. É preciso esquentar as fontes, os vulcões e os rios que rolam metais no seio da terra! Batam com mais energia! Tudo no braço! Com toda a força!

Os cabiras ferem a si próprios com os martelos, ficam cegos com as fagulhas, caminham tateando e se perdem na sombra.

CERES

de pé em seu carro muito veloz com asas nas rodas:

Pára! Pára!

Tinham toda a razão em excluir os estrangeiros, os ateus, os epicuristas e os cristãos! O mistério do cesto foi desvendado, o santuário profanado, tudo está perdido!

Ela desce por uma ladeira íngreme, desesperada, gritando, arrancando os cabelos.

Ah, mentira! Não terei Daira de volta! O bronze me chama para os mortos. É outro Tártaro! Não mais se volta de lá. Horror!

É tragada pelo abismo.

BACO

rindo freneticamente:

*... cai no abismo, de
cabeça para baixo...*

Que importa! A mulher de Arconte é minha esposa! A própria lei cai de embriaguez. Quero um canto novo e formas múltiplas!

Corre nas minhas veias o fogo que devorou minha mãe. Que abrase mais, ainda que eu morra!

Macho e fêmea, bom para todos, eu me entrego às bacantes! às bacantes! A vinha vai se enrolar no tronco das árvores. Uivai, dançai! Todos rebolando! Soltai o tigre e o escravo! Mordei a carne com dentadas raivosas!

E Pã, Sileno, os sátiros, as bacantes, os mimaloneidas e as mênades, com suas serpentes, suas tochas, suas máscaras negras, se atiram flores, descobrem um falo e o beijam, agitam os tímpanos, batem com as lanças, retalham por meio de conchas, mordem uvas, estrangulam um bode e dilaceram Baco.

APOLO
chicoteando os corcéis, e de cabeleira branca desgrenhada:

Deixei atrás de mim Delos, a pedregosa, tão pura que tudo lá agora parece morto. E vou ver se alcanço Delfos antes que seu bafo inspirador se tenha completamente perdido. As mulas roem os seus loureiros. A Pítia extraviada não se encontra.

Com uma concentração mais forte, farei poemas sublimes, monumentos eternos, e toda a matéria será penetrada pelas vibrações da minha cítara!

Dedilha as cordas. Elas quebram e golpeiam seu rosto. Joga fora a cítara, e batendo com furor na quadriga:

Não! Basta de formas! Mais longe ainda! Até ao topo! À ideia pura!

Mas os cavalos recuando, ficam empinados e quebram o carro. E Apolo embaraçado pelos pedaços do timão, pelo emaranhado dos arreios, cai no abismo, de cabeça para baixo. O céu escureceu.

VÊNUS
roxa de frio, ela treme toda.

Eu formava com a minha cintura todo o horizonte da Helênia.

Seus campos resplandeciam com as rosas da minha face, suas praias eram recortadas segundo a forma dos meus lábios, e suas montanhas, mais brancas do que as minhas pombas, palpitavam sob a mão dos estatuários. Podia-se encontrar meu nome na ordenação das festas, no arranjo dos penteados, no diálogo dos filósofos, na constituição das repúblicas. Mas amei demais os homens! Foi o amor que me desonrou!

Descai para trás, chorando:

O mundo é abominável. Falta ar em meu peito!
Ó Mercúrio, inventor da lira e condutor das almas, me leva contigo!

Põe um dedo nos lábios, e descrevendo uma imensa parábola, cai no abismo.

Não se vê nada. As trevas são completas.

No entanto, escapam das pupilas de Hilarião como que duas tochas vermelhas.

ANTÃO
nota enfim a sua grande estatura.

Já algumas vezes, enquanto falavas, me parecia que estavas crescendo. E não era ilusão. Como? Explica... Tua figura me apavora!

Passos que se aproximam.

O que é?

HILARIÃO
estende o braço:

Olha!

Agora, sob um pálido raio de lua, Antão distingue uma interminável caravana que desfila pelas cristas das rochas e, todos os viajantes, um após o outro, caem da escarpa ao abismo.

Primeiro, são os três grandes deuses de Samotrácia, Axieros, Axiokeros, Axiokersa, reunidos num feixe, encobertos com púrpura e erguendo as mãos.

Esculápio avança com ar melancólico, sem mesmo ver Samos e Telésforo, que o interrogam com angústia. Sosipolis eleano, em forma de uma píton, rola seus anéis para o abismo. Doespoene, numa vertigem, para ali se atira também. Britomartis, berrando de medo, se agarra às malhas de sua rede. Os centauros chegam a galope e rolam, de tropel, no buraco negro.

Atrás deles, caminha coxeando, o grupo lamentável das ninfas. As dos prados vêm cobertas de poeira, as dos bosques gemem e sangram, feridas pelo machado dos lenhadores.

As geludas, as strígias, as empusas, todas as deusas infernais, emaranhando suas garras, tochas, víboras, formam uma pirâmide e, no topo, sobre uma pele de abutre, Eurinome, azulada como as moscas da carne, devora seus próprios braços.

Depois, num turbilhão, desaparecem ao mesmo tempo: Ortia, a sanguinária, Himnia Orcomenes, a Lafria dos patreanos, a Afia de Egina, a Bendis de Trácia, Stifália de coxa de ave, Triopas, em vez de três pupilas, tem apenas três órbitas. Erictônio, as pernas bambas, rasteja se apoiando nos punhos.

HILARIÃO

Que felicidade, não é? ver todos eles na abjeção e na agonia! Sobe comigo a esta pedra e serás como Xerxes passando em revista o seu exército.

Além, muito longe, no meio do nevoeiro, não vês aquele gigante de barba loura que deixa cair um gládio pingando sangue? É o cita Zalmoxis, entre dois planetas: Artimpasa — Vênus, e Orsiloqué — a Lua.

Mais longe, emergindo das nuvens pálidas, estão os deuses que eram adorados no país dos cimerianos, e até para além de Tule.

Suas grandes salas eram aquecidas, e, ao clarão das espadas nuas que forravam a abóbada, bebiam hidromel em cornos de marfim. Comiam fígado de baleia em pratos de cobre batidos pelos demônios, ou então ouviam os feiticeiros cativos dedilhando harpas de pedra.

Estão cansados! Têm frio! A neve torna pesadas suas peles de urso, e seus pés estão feridos pelas sandálias.

Lamentam os prados, onde em colina de grama tomavam alentos nas batalhas, os longos navios cuja proa cortava os montes de gelo, e os patins que tinham para seguirem o orbe dos pólos, carregando nos braços todo o firmamento que ia girando com eles.

Uma rajada de granizo envolve ambos.
Antão baixa o olhar para outro lado.
E avista, se destacando em negro sobre fundo vermelho, estranhos personagens com manoplas e jugulares, que se atiram bolas, pulam uns sobre outros, fazem caretas, dançam freneticamente.

HILARIÃO

São os deuses da Etrúria, os inumeráveis Asares.

Ali vemos Tages, o inventor dos augúrios. Ele tenta com uma mão aumentar as divisões do céu e com a outra se apoia na terra. Que nela ele suma!

Nortia considera a parede onde enterrava pregos para marcar o número dos anos. A superfície está coberta deles e encerrado o último período.

Como dois viajantes batidos por uma tempestade, Kastur e Pulutuk se abrigam, tremendo, sob o mesmo manto.

ANTÃO

fecha os olhos.

Chega! Chega!

Mas passam no ar com grande rumor de asas todas as vitórias do Capitólio, escondendo a face nas mãos, e deixando cair os troféus suspensos nos braços.

Jânio, senhor dos crepúsculos, foge num carneiro preto e, de suas duas faces, uma já está putrefata, a outra dorme de cansaço.

Sumanus, deus do céu escuro, já sem cabeça, aperta contra o coração um bolo seco em forma de roda.

Vesta, sob uma cúpula em ruínas, tenta reanimar sua lâmpada apagada.

Belona golpeia as faces, sem fazer jorrar o sangue que purificava os devotos.

ANTÃO

Ah, perdão! Eles me fatigam!

HILARIÃO

Antigamente, divertiam.

E mostra a Antão, num bosque de lódãos, uma mulher completamente nua, de quatro como um animal e montada por um homem negro que segura um archote em cada mão.

É a deusa da Arícia com o demônio Vírbio. Seu sacerdote, o rei do bosque, devia ser um assassino. E os escravos fugidos, os saqueadores de cadáveres, os bandidos da via Salária, os mutilados da ponte Sublício, toda a vermina dos casebres de Suburra eram seus maiores devotos!

As patrícias do tempo de Marco Antônio preferiam Libitina.

E continua mostrando, agora sob ciprestes e roseiras, outra mulher, vestida de gaze. Ela sorri tendo à sua volta enxadas, macas, panos de luto, todos os utensílios de funerais. Seus diamantes brilham de longe sob teias de aranha. As larvas, como esqueletos, mostram os ossos entre os galhos, e os lêmures, que são fantasmas, abrem as asas de morcego.

À beira de um campo, o deus Termo, desarraigado, se dobra, coberto de lixo. No meio de um valado, o grande cadáver de Vertumno é devorado por cães ruivos.

Os deuses rústicos se afastam dali chorando, Sartor, Sarrator, Vervactor, Colina, Valona, Hostilo, todos cobertos com pequenos mantos de capuz e, tendo cada, ou um machado, ou um forcado, uma sebe, um aguilhão.

HILARIÃO

Era a alma deles que fazia prosperar a propriedade, com seus pombais, seus parques de arganazes e caracóis, suas capoeiras vedadas com redes, suas quentes cavalariças cheirando a cedro.

Protegiam todos os miseráveis que arrastavam as correntes das pernas nos pedregulhos da Sabina, os que chamavam os porcos ao som da trompa, os que colhiam os cachos no alto dos álamos, os que tangiam, pelos atalhos, burros carregados de estrume. O lavrador, ofegando sobre o cabo do arado, era a eles que pedia para fortificarem seus braços, e os vaqueiros, à sombra das tílias, ao pé das cabaças de leite, alternavam louvores em flautas de bambu.

Antão suspira.

No meio de um quarto, sobre um estrado, há uma cama de marfim, rodeada de pessoas que seguram tochas de pinheiro.

São os deuses do casamento. Esperam a noiva!

Demiduca é quem a devia trazer, Virgo desatar seu cinto, Subigo estendê-la na cama, a Praema afastar-lhe os braços dizendo ao seu ouvido palavras doces.

Mas ela não virá! Então mandam embora as outras: Nona e Décima enfermeiras, os três Nixii parteiros, as duas babás Educa e Potina — e Carna embaladora, cujo ramo de espinheiro afasta da criança os maus sonhos.

Mais tarde, Ossipago teria robustecido seus joelhos, Barbato faria crescer sua barba, Stímula os primeiros desejos, Volúpia o primeiro gozo, Fabulino ensinaria a falar, Número a contar, Camoena a cantar, Cônsus a refletir.

O quarto fica vazio e à beira da cama resta apenas Nena, centenária, resmungando para si própria a lamentação que berrava na morte dos velhos.

Mas logo sua voz é dominada por gritos agudos. São

OS DEUSES DOMÉSTICOS
acocorados ao fundo átrio, vestidos de pele de cachorro, engalanados de flores, descaindo o rosto nos punhos cerrados e chorando sem parar.

Onde está a porção de alimento que nos davam a cada refeição, os bons cuidados da serva, o sorriso da matrona e a alegria dos menininhos jogando dados no mosaico do pátio? Depois, já crescidos, suspendiam em nosso peito uma bola de ouro ou de couro.

Que ventura, quando, em noite de triunfo, o senhor, à chegada, voltava para nós seus olhos brilhantes! Narrava os combates! E a pequena casa ficava mais altiva do que um palácio e sagrada como um templo.

Como eram serenas as refeições familiares, sobretudo no dia seguinte às cerimônias ferais! Na ternura pelos mortos, todas as discórdias se apaziguavam. E todos se abraçavam bebendo as glórias do passado e às esperanças do futuro.

Mas os avós de cera pintada, fechados atrás de nós, se cobrem, pouco a pouco, de bolor. As novas raças, para nos punirem de suas decepções, nos quebraram o queixo; sob o dente dos ratos, nossos corpos de madeira estão ficando pó.

E os inumeráveis deuses que velavam às portas, na cozinha, no celeiro, nas estufas, se dispersam para todos os lados, parecendo enormes formigas que correm ou grandes borboletas que esvoaçam.

CRÉPITO
se faz ouvir.

Também a mim me veneravam. Outrora até me faziam libações. Fui um deus!

O ateniense me saudava como um presságio de sorte, enquanto que o romano devoto me amaldiçoava de punhos erguidos e que o pontífice do Egito abstendo-se de favas, tremia ao ouvir minha voz e empalidecia com o meu odor.

Quando o vinagre militar corria pelas barbas crescidas, quando se saboreavam bolotas, ervilhas e cebolas cruas, e o bode em pedaços cozia na banha rançosa dos pastores, sem reparar na companhia, ninguém então se constrangia. Os alimentos sólidos tornavam ruidosas as digestões. Ao sol do campo, os homens se aliviavam lentamente.

Assim passei sem escândalo, como as outras necessidades da vida, como Mena tormento das virgens, e a doce Rumina que protege o seio da ama intumescido de veias azuladas. Eu era divertido. Fazia rir! E inchando de bem-estar por minha causa, o conviva exalava toda a sua alegria pelas aberturas do corpo.

Tive meus dias de orgulho. O bom Aristófanes me fez atuar no palco, o imperador Cláudio Drusus me fez sentar à sua mesa. Nos laticlavos dos patrícios circulei majestosamente! Os vasos de ouro e os timbales ressoavam a meus pés, e quando, cheio de moreias, de trufas e de patês, o intestino do senhor se manifestava com estampido, o universo atento ficava sabendo que César tinha jantado!

Mas agora, estou reduzido à populaça, e vaiam, só de ouvirem meu nome!

E Crépito se afasta, soltando um gemido.

Depois, um trovão;

UMA VOZ

Eu era o deus dos exércitos, o senhor, o senhor Deus!

Armei sobre as colinas as tendas de Jacó e alimentei nas areias meu povo em fuga.

Fui eu que queimei Sodoma! Fui eu que submergi a terra no Dilúvio! Fui eu que afoguei o Faraó, mais os príncipes filhos de reis, os carros de guerra e os cocheiros.

Como eu era um deus ciumento, execrava os outros deuses. Esmaguei os impuros, abati os soberbos, e minha desolação corria à direita e à esquerda como um dromedário solto num campo de milho.

Para libertar Israel, escolhia os simples, que eram abordados, nas sarças, por anjos de asas de fogo.

Perfumadas de narda, de cinamomo e mirra, com vestidos transparentes e sapatos de salto alto, mulheres de coração intrépido iam degolar os capitães. O vento passando arrebatava os profetas.

Gravei minha lei em lápides de pedra. Ela encerrava meu povo como numa cidadela. Era o meu povo. Eu era o seu deus! A terra era minha, meus os homens, com os seus pensamentos, suas obras, suas ferramentas de lavoura e sua posteridade.

Minha arca repousava num triplo santuário, por trás de cortinas de púrpura e de candelabros acesos. Tinha, a meu serviço, uma tribo inteira que balançava incensórios, e o grão-sacerdote paramentado de jacinto, com pedras preciosas sobre o peito, dispostas em ordem simétrica.

Desventura! Desventura! O santo dos santos se desvendou, o véu se rasgou, os perfumes do holocausto se perderam por todos os ventos. O chacal vive sobre os sepulcros, e meu templo foi destruído, meu povo está disperso! os sacerdotes foram estrangulados com os cordões das vestes. As mulheres cativas, os vasos fundidos!

A voz se afastando:

Eu era o deus dos exércitos, o senhor, o senhor deus!

Agora, um silêncio enorme, uma noite profunda.

ANTÃO

Passaram todos.

ALGUÉM

Resto eu!

E Hilarião está diante dele, mas transfigurado, belo como um arcanjo, luminoso como um sol, e de tão grande estatura que para o ver

ANTÃO
inclina a cabeça para trás.

Afinal, quem és?

HILARIÃO

Meu reino é da dimensão do universo e meu desejo não tem limites. Vou sempre libertando o espírito e pesando mundos, sem ódio, sem medo, sem piedade, sem amor e sem deus. Sou chamado Ciência.

ANTÃO
recuando:

Deves ser... o diabo!

HILARIÃO
fitando bem o eremita:

Queres vê-lo?

ANTÃO
já não desvia o seu daquele olhar. É dominado pela curiosidade de ver o diabo. Seu terror aumenta, seu desejo é desmedido.

E se eu o visse... por que não o ver?

Depois, num espasmo de cólera:

Meu horror é tal... que só assim me livro dele para sempre. — Sim!

Uma pata de bode aparece logo.
Antão se arrepende.
Mas o diabo investe com os cornos e o arrebata.

VI

O diabo voa debaixo dele, estendido como um nadador. Suas asas abertas, o ocultam por completo, parecendo uma nuvem.

ANTÃO

Onde vou eu?

Há pouco, parece que vi a forma do maldito. Não! Sou levado por uma nuvem. Talvez eu tenha morrido e estou subindo para Deus...

Ah, como respiro bem! O ar imaculado dilata minha alma. Não há mais gravidade! Nem sofrimento!

Por baixo de mim, estala o raio, o horizonte se alarga, os rios se cruzam. Aquela mancha dourada é o deserto, aquele charco o oceano.

E outros oceanos aparecem, imensas regiões que eu não conhecia. Ali estão os países negros que fumegam como braseiros, a zona das neves sempre obscurecida por nevoeiros. Procuro descobrir as montanhas onde o sol se põe, todas as tardes.

DIABO

O sol não se põe nunca!

Antão não se surpreende com aquela voz. Lembra um eco de seu pensamento, uma resposta de sua memória.

Entretanto, a terra toma a forma de uma bola, e ele a avista em pleno azul, girando sobre os pólos e à volta do sol.

DIABO

Não é ela então o centro do mundo? Homem orgulhoso, deves te humilhar!

ANTÃO

Agora mal posso vê-la. Confunde-se com as outras luzes.
O firmamento não é mais do que um tecido de estrelas.

Vão subindo sempre.

Não há o menor ruído! Nem mesmo o crocitar das águias! Nada!... E eu me
debruço para escutar a harmonia dos planetas.

DIABO

Não os poderás ouvir! Também não verás os antíctones de Platão, as expressões
de Filolaus, as esferas de Aristóteles, nem os sete céus dos judeus com a vastidão
das águas acima da abóbada de cristal!

ANTÃO

Lá de baixo, parecia sólida como uma muralha. E afinal eu a penetro, ou a
atravesso!

*Ele chega diante da lua, que se assemelha a um pedaço de gelo redondo, pleno de
uma luz imóvel.*

DIABO

Era outrora a habitação das almas. O bom Pitágoras a tinha até enfeitado de
aves e flores magníficas.

ANTÃO

Não vejo lá senão planícies desoladas, com crateras extintas, sob a escuridão
do céu.
Vamos para aqueles astros de mais suave brilho contemplar os anjos que os
seguram nas mãos, como fachos!

DIABO
levando Antão para o meio das estrelas.

Elas se atraem ao mesmo tempo que se repelem. A ação de cada uma resulta das outras e contribui para ela, sem nenhum auxílio, só pela força de uma lei, única virtude da ordem.

ANTÃO

Sim... sim! Meu entendimento abarca isso! Esta alegria é superior aos prazeres da paixão! Estou completamente rendido diante da enormidade de Deus!

DIABO

Como o firmamento que se eleva à medida que vais subindo, assim ele aumentará na ascensão do teu pensamento; e sentirás aumentar a alegria, segundo a descoberta dos mundos, nesse alargamento do infinito.

ANTÃO

Mais alto! Mais alto! Sem parar!

Os astros se multiplicam, cintilam. A via láctea, no zênite, se desenvolve como uma faixa imensa, pontilhada de vazios. Nessas fendas de sua claridade, se alongam espaços tenebrosos. Há chuvas de estrelas, rastos de ouro em pó, vapores luminosos que flutuam e se dissolvem.

Por vezes, súbito passa um cometa; depois recomeça a tranquilidade das luzes incontáveis.

Antão, braços abertos, se apoia aos dois cornos do diabo, ocupando assim toda a envergadura deles.

Ele se lembra, com desdém, da ignorância dos antigos dias, da mediocridade de seus sonhos. Aí estão eles agora, perto dele, aqueles globos luminosos que contemplava lá de baixo. Distingue o encruzamento de suas linhas, a complexidade de suas direções. Vê todos virem de longe, e suspensos como pedras numa funda descreverem suas órbitas, prolongarem suas hipérboles.

Avista num só olhar o Cruzeiro do Sul e a Ursa maior, o Lince e o Centauro, a nebulosa da Dourada, os seis sóis da constelação de Orion, Júpiter com seus quatro satélites, e o triplo anel do monstruoso Saturno! Todos os planetas, todos os astros que os homens mais tarde irão descobrir! Enche seus olhos de todas aquelas luzes, avoluma o pensamento com o cálculo de suas distâncias, depois, sua cabeça descai.

Qual é o fim de tudo isto?

> Antão: *Qual é o fim de tudo isto?*
> Diabo: *Não há nenhum fim!*

DIABO

Não há nenhum fim!
Como é que Deus haveria de ter um fim? Que experiência o podia ter instruído, que reflexão o podia determinar?
Antes do princípio, não teria exercido a sua ação e agora seria inútil.

ANTÃO

Mas bem que ele criou o mundo, de uma só vez, com seu verbo!

DIABO

Acontece que os seres que povoam a terra surgiram sucessivamente. Da mesma maneira, surgem no céu novos astros, efeitos diferentes de causas várias.

ANTÃO

A variedade das causas é a vontade de Deus!

DIABO

Mas admitir em Deus muitos atos de vontade, é admitir muitas causas e destruir sua unidade!
Sua vontade não é separável de sua essência. Ele não podia ter outra vontade, não podendo ter outra essência, e visto existir eternamente, eternamente exerce sua ação.
Contempla o sol! De seu contorno escapam grandes chamas lançando faíscas que se dispersam para virem a ser mundos. E mais além da última, para lá das profundezas onde apenas avistas a noite, outros sóis gravitam, para lá desses, outros e outros ainda, indefinidamente.

ANTÃO

Basta! Basta! Tenho medo! Vou cair no abismo!

DIABO
pára, e fica balançando Antão suavemente:

O nada não existe! Não existe o vácuo! Por toda a parte há corpos que se movem sobre o fundo imutável da Extensão; e como se ela fosse limitada por alguma coisa, já não seria extensão, mas um corpo, é ilimitada!

ANTÃO
estupefato:

Ilimitada!

DIABO

Continua sempre em ascensão pelo céu, continua. Nunca atingirás o topo! Desce abaixo da terra durante bilhões de bilhões de séculos, nunca chegarás ao fundo, porque não há fundo, nem topo, nem baixo, nem alto, nenhum termo. A Extensão está comprometida em Deus que não é uma porção do espaço, tal ou tal grandeza, mas a imensidade!

ANTÃO
lentamente:

A matéria... então... faria parte de Deus?

DIABO

Por que não? Podes saber onde ele acaba?

ANTÃO

Ao contrário, eu fico prostrado, aniquilado diante do seu poderio!

DIABO

E mesmo assim tens reservas? Falas com ele, até o adornas de virtudes, bondade, justiça, clemência, em vez de reconhecer que possui todas as perfeições!

Conceber o que quer que seja para além, é conceber Deus para lá de Deus, o ser acima do ser. Ele é, pois, o único Ser, a única substância.

Se a substância pudesse ser dividida, perderia a sua natureza, e não seria ela, e Deus não existiria mais. Ele é, pois, indivisível como o infinito. E se tivesse corpo, seria composto de partes, não seria uno, já não seria infinito. Não é, portanto, pessoa!

ANTÃO

Como? Minhas orações, meus soluços, os sofrimentos da minha carne, os arrebatamentos do meu ardor, tudo iria chegar a uma mentira... ao espaço... inutilmente, como um grito de ave, como um turbilhão de folhas mortas!

Chora.

Oh, não! Acima de tudo há alguém, uma grande alma, um Senhor, um pai a quem o meu coração adora e que deve me amar!

DIABO

Assim, desejas que Deus não seja Deus, porque se ele sentisse amor, cólera ou piedade, passaria de sua perfeição a uma perfeição maior ou menor. Ele não pode descer a um sentimento, nem se conter numa forma.

ANTÃO

Um dia, no entanto, eu o verei!

DIABO

Com os bem-aventurados, não é verdade? Quando o finito gozar o infinito, num lugar reservado que encerre o absoluto!

ANTÃO

Não importa, deve haver um paraíso para o bem, como um inferno para o mal!

DIABO

A exigência da tua razão faz a lei das coisas? Sem dúvida o mal é indiferente a Deus, visto a terra estar cheia dele!

É por impotência que o suporta ou por crueldade que o conserva?

Achas então que ele esteja continuamente consertando o mundo como uma obra imperfeita e que vigia todos os movimentos de todos os seres, desde o voo da borboleta ao pensamento do homem?

Se ele criou o universo, sua providência é supérflua. Se a providência existe, a criação é defeituosa!

Mas o mal e o bem só se referem a ti — como o dia e a noite, o prazer e a dor, a morte e o nascimento, que são relativos a um pedaço da extensão, a um meio especial, a um interesse particular. Visto que só o infinito é permanente, o infinito existe. Eis tudo!

O diabo estendeu progressivamente suas longas asas, que agora encobrem o espaço.

ANTÃO

já não vê mais nada. Desfalece.

Um frio horrível gela todo o meu ser até o fundo da alma. Isto excede o alcance da dor! É como que uma morte mais profunda do que a morte. Estou rolando na imensidão das trevas. Elas penetram em mim. Minha consciência estoura sob esta dilatação do nada!

DIABO

Mas as coisas só te chegam por intermédio de teu espírito. Tal como um espelho côncavo, ele te deforma os objetos, e todos os meios te faltam para verificar a exatidão deles.

Jamais conhecerás o universo em toda a sua extensão. Por consequência, não podes fazer uma ideia da sua causa, ter uma noção justa de Deus, nem mesmo dizer que o universo é infinito, porque seria preciso primeiro conhecer o infinito!

A forma é talvez um erro de teus sentidos, a substância uma ilusão do teu pensamento.

A menos que, sendo o mundo um fluxo perpétuo das coisas, a aparência não seja, pelo contrário, tudo o que há de mais verdadeiro, a ilusão a única realidade.

Mas tens a certeza de ver? Terás mesmo a certeza de viver? Talvez não haja nada!

O diabo pegou Antão, o segurando-o com os braços estendidos, olhos fixos e goela aberta, prestes a devorá-lo.

É a mim que deves adorar! E maldizer o fantasma a que chamas Deus!

Antão ergue os olhos num derradeiro movimento de esperança.
O diabo o abandona.

VII

ANTÃO
está estendido de costas à beira da escarpa.
O céu começa a clarear.

É o romper da aurora ou o reflexo da lua?

Tenta se levantar, volta a cair, e batendo os dentes:

Sinto tamanho cansaço... como se todos os meus ossos estivessem quebrados. Por quê?

Ah, foi o diabo! Agora me lembrei, e até me repetia tudo que aprendi em casa do velho Dídimo das opiniões de Xenófanes, de Heráclito, de Melisse, de Anaxágoras, sobre o infinito, a criação, a impossibilidade de nada se conhecer.

E eu que julgara poder me unir a Deus!

Rindo amargamente:

Ah, demência! Demência! Será culpa minha? A oração se tornou, para mim, intolerável! Tenho o coração mais seco do que uma rocha! Antes, transbordava de amor!...

A areia, pela manhã, se vaporizava no horizonte como o fumo de um turíbulo; ao pôr-do-sol, flores ardentes desabrochavam sobre a cruz; e, no meio da noite, muitas vezes me pareceu que todos os seres e todas as coisas, recolhidos no mesmo silêncio, adoravam comigo o Senhor. Ô encanto das orações, felicidades do êxtase, presentes do céu, o que aconteceu?

Eu me lembro de uma viagem que fiz com Amon, à procura de um ermo para fundar mosteiros. Era na última tarde, e apressávamos o passo murmurando hinos, lado a lado, sem falar. À medida que o sol baixava, as sombras de nossos corpos se alongavam como dois obeliscos que crescessem e caminhassem adiante de nós. Com pedaços dos nossos bastões, aqui e ali, íamos plantando cruzes para marcar

> *A Velha: ... O que receias?*
> *Um grande buraco escuro? Talvez esteja vazio?*

---

o lugar de uma cela. Lenta veio a noite; ondas negras já se espalhavam por sobre a terra e ainda o céu imenso se tingia de cor-de-rosa.

Quando era criança, costumava me entreter construindo retiros com pedras. Minha mãe, ao lado, olhava para mim.

Deve ter me amaldiçoado pelo meu abandono, arrancando punhados de cabelos brancos. E seu cadáver ficou lá estendido no meio da cabana, sob o teto de caniços, entre as paredes desabando. Por um buraco, uma hiena, farejando, avança o focinho!...

Horror! Horror!

Soluça.

Não, Amonaria não a terá deixado!

Onde estará ela agora, Amonaria?

Talvez no interior de um balneário despindo suas roupas, uma após a outra, tirando primeiro o manto, depois a cinta, a primeira túnica, a segunda mais leve, todos os seus colares; o vapor do cinamomo envolve seus membros nus. Ela se deita, por fim, no tépido mosaico. Sua cabeleira à volta dos quadris formam como que um velo negro e, sufocando um pouco na atmosfera demasiado quente, respira, com o corpo arqueado, os dois seios espetados. Pronto!... Aí está minha carne que se agita! No meio da aflição, a concupiscência me tortura. Dois suplícios ao mesmo tempo, é intolerável! Não suporto mais a minha pessoa!

Ele se debruça e olha o precipício.

O homem que cair aí, morre. Nada mais fácil, rolando sobre o lodo esquerdo. Basta um movimento, um só!

Aparece

UMA VELHA

Antão se levanta, num sobressalto de pavor. Pensa ver sua mãe ressuscitada. Mas esta é muito mais velha e de extrema magreza.

Morte: *Minha ironia*
ultrapassa todas as outras!...

Uma mortalha, amarrada na cabeça, pende com seus cabelos brancos até em baixo das pernas delgadas como muletas. O brilho de seus dentes, cor de marfim, faz ainda mais escura sua pele cadavérica. As órbitas dos olhos são de treva, e lá ao fundo tremulam duas chamas como lâmpadas de sepulcro.

Vamos, aproxima-te, diz ela. Quem te retém?

ANTÃO
balbuciando:

Tenho medo de cometer um pecado!

ELA

Mas o rei Saul se matou! Bazias, um justo, se matou!
Santa Pelágia de Antioquia se matou! Dominina de Alepo e suas duas filhas, todas três santas, se mataram, e lembra-te de todos os confessores que corriam ao encontro dos carrascos, na impaciência da morte. A fim de a gozarem mais depressa, as virgens de Mileto se estrangulavam com os cordões. O filósofo Hegesias, em Siracusa, pregava tão bem sobre ela que os lupanares se esvaziavam para irem se enforcar nos campos. Os patrícios de Roma a procuravam como libertinagem.

ANTÃO

Sim, é um amor violento! Muitos anacoretas sucumbem a ele.

A VELHA

Fazer uma coisa que nos iguala a Deus, imagina! Ele te criou e vais destruir a sua obra, pela tua coragem, livremente! O gozo de Erostrato não foi superior. E depois, teu corpo já escarneceu bastante da tua alma para que te vingues dele, afinal. Não sofrerás nada, é coisa rápida. O que receias? Um grande buraco escuro? Talvez esteja vazio?

Antão escuta sem responder, e do outro lado aparece

*É uma caveira coroada de rosas que paira
sobre um tronco de mulher de uma brancura nacarada...*

OUTRA MULHER

jovem e maravilhosamente bela. No começo, ele pensa que ela é Amonaria.

Mas esta é mais alta, loura como o mel, rechonchuda, cara pintada e rosas na cabeça. Seu longo vestido carregado de lantejoulas tem reverberações metálicas; seus lábios carnudos parecem sanguinolentos e, suas pálpebras, um pouco espessas, são tão lânguidas que ela parece cega.

Ela murmura:

Vive bem, goza a vida! Salomão recomenda a alegria! Vai onde o coração te levar e segundo o desejo de teus olhos!

ANTÃO

Que alegria procurar? Meu coração está fatigado, meus olhos turvos!

ELA

prossegue:

Vai ao bairro de Racotis, empurra uma porta pintada de azul e quando chegares ao pátio onde murmura um repuxo, uma mulher se apresentará de capa de seda branca lhamada de ouro, os cabelos soltos, o riso semelhante ao tinir de metálicas castanholas. É hábil. Gozarás com suas carícias o orgulho de uma iniciação e o apaziguar de uma necessidade.

Também não conheces a inquietação dos adultérios, as escaladas, os raptos, a alegria de ver completamente nua aquela que se respeitava vestida.

Já apertaste contra o peito uma virgem que te amasse? Sabes dos abandonos do seu pudor, e de seus remorsos se diluindo num fluxo de doces lágrimas?

Será que podes imaginar a cena passeando com ela nos bosques ao luar? Um arrepio em todo o corpo é provocado pelo aperto de mãos, os olhos se aproximam, trocam entre si ondas imateriais, e o coração extravasa, estoura — é um belo turbilhão, uma embriaguez transbordante.

... a Quimera, de olhos
verdes, volteia, ladra...

A VELHA

Não é necessário possuir a alegria para lhe sentir o amargor! Basta vê-la de longe para sentir nojo. Deves sentir cansaço pela monotonia das mesmas ações, pela duração dos dias, a fealdade do mundo, a estupidez do sol!

ANTÃO

Oh! sim! Tudo o que ele ilumina me desgosta.

A JOVEM

Eremita! Eremita! Vais achar diamantes entre as pedras, fontes sob a areia, deleites nos acasos que desprezas. Pensa que há lugares tão belos na terra que nos dão desejo de os apertar ao coração.

A VELHA

Toda a noite, adormecendo sobre ela, esperas que em breve te vá cobrir!

A JOVEM

No entanto, crês na ressurreição da carne, que é o transportamento da vida na eternidade!
A Velha, enquanto ela fala, vai se descarnando, e acima de seu crânio já sem cabelo um morcego descreve círculos no ar.
A Jovem se tornou mais gorda. Seu vestido tem reflexos mais atraentes, suas narinas fremem, revira os olhos langorosamente.

A PRIMEIRA
diz, abrindo os braços:

Vem, eu sou a consolação, o repouso, o esquecimento, a eterna serenidade!

e

Antão: Deve haver, em algum lugar, figuras primordiais,
cujos corpos não são mais do que imagens...

A SEGUNDA
oferecendo seus seios:

Eu sou a agasalhadora, a alegria, a vida, a inesgotável ventura!

Antão volta as costas para fugir. Cada uma põe a mão em seus ombros.
A mortalha descai e ele reconhece o esqueleto da Morte.
O vestido se rasga e deixa ver todo o corpo da Luxúria, de cintura fina, ancas
enormes e longa cabeleira ondulada, esvoaçando nas pontas.
Antão fica imóvel, considerando as duas.

MORTE
dirigindo-se a ele:

Agora ou logo mais, que importa? És meu como os sóis, os povos, as cidades, os reis, a neve dos montes, a erva dos campos. Voo mais alto do que o gavião, corro mais depressa do que uma gazela, alcanço até a esperança, venci o filho de Deus!

LUXÚRIA

Não resistas, eu sou onipotente! Nas florestas ecoam os meus suspiros, as ondas são sacudidas com a minha agitação. A virtude, a coragem, a piedade, se dissolvem no perfume da minha boca. Acompanho o homem em todos os passos, e no limiar do túmulo ele se volta para mim!

MORTE

Eu te farei descobrir o que procuravas surpreender, ao clarão dos archotes, na face dos mortos, ou quando erravas para lá das pirâmides, naquele vasto areal de despojos humanos. De vez em quando, um fragmento de caveira rolava sob a tua sandália. Pegavas no pó e o fazias escorrer por entre os dedos; e o teu pensamento, confundindo-se com ele, abismava-se no nada.

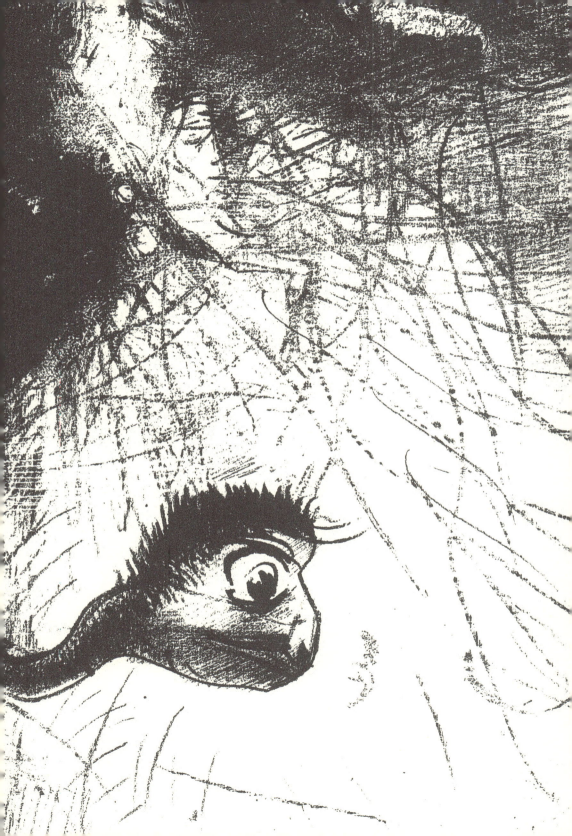

Morte: *Sou eu que te dou seriedade.*
Vamos nos abraçar!

LUXÚRIA

Meu abismo é mais profundo! Mármores inspiraram amores obscenos. Gente é precipitada em encontros apavorantes, com algemas que amaldiçoa. De onde provém o feitiço das cortesãs, a extravagância dos sonhos, a imensidade de minha tristeza?

MORTE

Minha ironia ultrapassa todas as outras! Há convulsões de prazer nos funerais dos reis, no extermínio de um povo, e a guerra é feita entre músicas, penachos, bandeiras, arreios dourados, uma ostentação de cerimonial para me prestar mais homenagens.

LUXÚRIA

Minha cólera se assemelha à tua. Uivo, mordo. Tenho suores de agonizante e aspectos de cadáver.

MORTE

Sou eu que te dou seriedade. Vamos nos abraçar!

A Morte escarnece, a Luxúria ruge. Enlaçadas pela cintura, cantam juntas:

— Apresso a dissolução da matéria!
— Facilito a dispersão dos germes!
— Destróis, para que eu renove!
— Crias, para que eu destrua!
— Ativa o meu poderio!
— Fecunda a minha podridão!

E a voz delas, cujos ecos se multiplicando enchem o horizonte, se torna tão forte que Antão cai para trás.

Antão: ... *Eu próprio algumas vezes avistei no céu*
como que formas de espíritos...

Uma sacudidela, de vez em quando, lhe faz entreabrir os olhos, e nota, no meio
das trevas, uma espécie de monstro à sua frente.

É uma caveira coroada de rosas que paira sobre um tronco de mulher de uma brancura
nacarada. Arrasta uma mortalha estrelada de pontos dourados formando uma espécie
de cauda; e todo o corpo ondula, como um verme gigantesco que se mantivesse de pé.

A visão se atenua, desaparece.

ANTÃO
se levanta

Era outra vez o Diabo, e em seu duplo aspecto: o espírito de fornicação e o
espírito da destruição.

Nenhum dos dois me aterroriza. Rejeito o prazer e me sinto eterno.

Assim a morte não é mais do que uma ilusão, um véu, mascarando, de tempo
em tempo, a continuidade da vida.

Mas a Substância sendo única, por que as formas são tão variadas?

Deve haver, em algum lugar, figuras primordiais, cujos corpos não são mais
do que imagens. Se os pudéssemos ver, conheceríamos o laço entre a matéria e o
pensamento, aquilo em que consiste o ser!

Figuras assim é que estavam pintadas na Babilônia, na parede do templo de
Belo, e cobriam um mosaico no porto de Cartago. Eu próprio algumas vezes avistei no céu como que formas de espíritos. Os que atravessam o deserto encontram
animais que ultrapassam toda imaginação...

Em frente dele, na outra margem do Nilo, eis que surge a Esfinge.

Estende as patas, sacode os bandós da testa e se deita sobre o ventre.

Pulando, voando, espirrando fogo pelas ventas, e batendo nas asas com sua cauda
de dragão, a Quimera, de olhos verdes, volteia, ladra.

De um lado, sua cabeleira anelada, emaranha-se com os pelos do dorso, de outro,
pendem até à areia e ondulam com o balanço do corpo.

> Esfinge: *... e o meu olhar, que nada o desvia,*
> *se conserva fito através das coisas, num horizonte inacessível.*
> Quimera: *Enquanto eu sou livre e jovial!...*

ESFINGE
permanece imóvel, e olha para a Quimera:

Pára, Quimera! Vem cá!

QUIMERA

Não, nunca!

ESFINGE

Não corre tão depressa, não voa tão alto, não ladra tão forte!

QUIMERA

Nunca mais chama por mim, nunca mais! Já que permaneces sempre muda!

ESFINGE

Pára de me atirar chamas ao rosto e de uivar nos meus ouvidos; nunca derreterás o meu granito.

QUIMERA

Não me apanharás, esfinge terrível!

ESFINGE

Para ficar comigo, és louca demais!

E surge toda a espécie de
animais pavorosos...

QUIMERA

Para me seguir, teu corpo é por demais pesado!

ESFINGE

Aonde vais, para correr tanto?

QUIMERA

Galopo pelos corredores do labirinto, plano sobre os montes, faço vôo rasante nas ondas, dou latidos no fundo dos precipícios, me seguro pela boca à borda das nuvens; com a minha cauda rastejante, risco as praias, e as colinas pegaram as suas curvas da forma das minhas costas. Mas a ti, encontro perpetuamente imóvel, ou então, com a ponta das garras, desenhando alfabetos na areia.

ESFINGE

É que eu guardo o meu segredo! Medito e calculo.
O mar se revolve no seu leito, os trigais ondulam com o vento, as caravanas passam, a poeira voa, as cidades desmoronam, e o meu olhar, que nada o desvia, se conserva fito através das coisas, num horizonte inacessível.

QUIMERA

Enquanto eu sou livre e jovial! Descubro aos homens perspectivas deslumbrantes com paraísos nas nuvens e felicidades longínquas. Derramo na alma humana as eternas loucuras, projetos de ventura, planos de futuro, sonhos de glória e juras de amor e resoluções virtuosas.
Incito às viagens perigosas e aos grandes empreendimentos. Cinzelei com as patas as maravilhas da arquitetura. Fui eu que suspendi as campainhas no túmulo de Porsena e cerquei com um muro de bronze os cais de Atlântida.

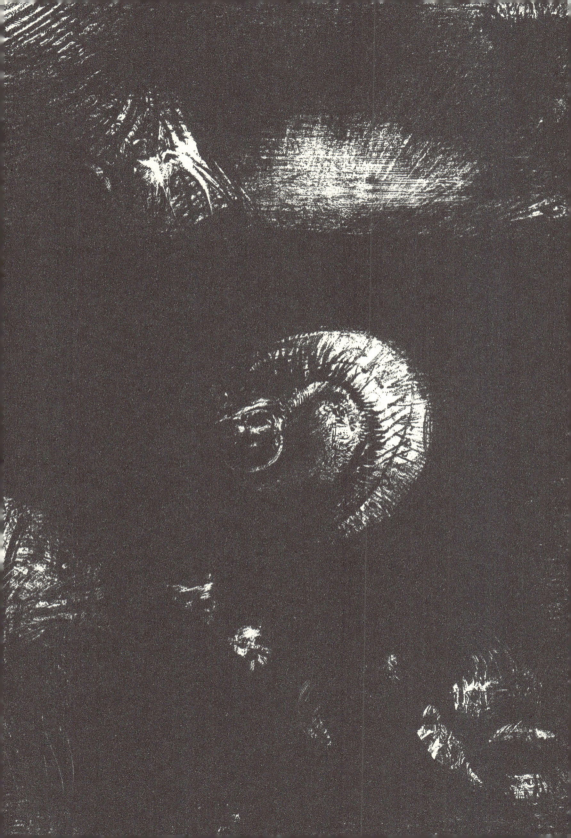

Os Ciapodes: ... A cabeça o mais baixo possível,
eis o segredo da felicidade!

Procuro novos perfumes, flores maiores, prazeres diferentes. Se encontro em alguma parte homem de espírito baseado na prudência, caio sobre ele e o estrangulo.

ESFINGE

Todos aqueles a quem o desejo de Deus aflige, eu os devorei.

Os mais fortes, para alcançarem a minha fronte real, sobem pelas estrias dos meus bandós como pelos degraus de uma escadaria. Vencidos pelo cansaço, sempre caem para trás desamparados.

Antão começa a tremer.
Não está mais na frente de sua cabana, mas no deserto, tendo de cada lado esses dois monstros, cujas cabeças lhe roçam os ombros.

ESFINGE

Ô Fantasia, leva-me nas asas para desanuviar minha tristeza!

QUIMERA

Ó Desconhecido, estou apaixonada por teus olhos! Como uma hiena no cio, giro em volta de ti, solicitando as fecundações cujo desejo me devora.

Abre a goela, levanta os pés, monta no meu dorso!

ESFINGE

Meus pés, há tanto tempo estirados, não podem mais se levantar. O musgo, como herpes, enche minha boca. À força de pensar, nada me resta a dizer.

QUIMERA

Mentes, esfinge hipócrita! Porque sempre chamas por mim e me renegas?

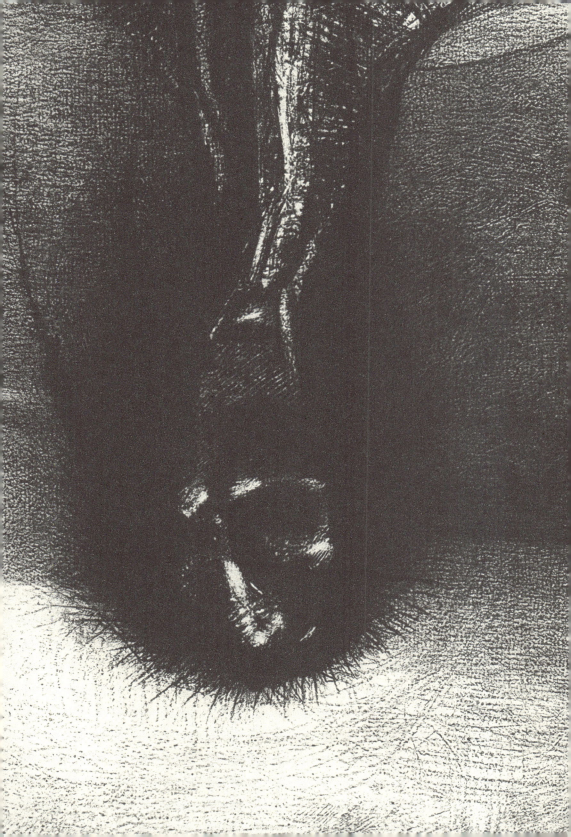

... Por toda parte
chamejam pupilas...

ESFINGE

É esse teu capricho indomável que te faz dar voltas e mais voltas!

QUIMERA

E a culpa é minha? Há? Deixa-me!

Ladra.

ESFINGE

Não te agites, estás escapando de mim!

Grunhe.

QUIMERA

Tentemos! Ai, estás me esmagando!

ESFINGE

Não! Impossível!

E se enterrando aos poucos, desaparece na areia, enquanto a Quimera, se arrastando e com a língua de fora, se afasta descrevendo círculos.
Seu hálito provocou nevoeiro.
Nesta bruma, Antão avista rolos de nuvens, curvas indecisas.
Por fim, distingue como que aparências de corpos humanos.

O primeiro avança.

200

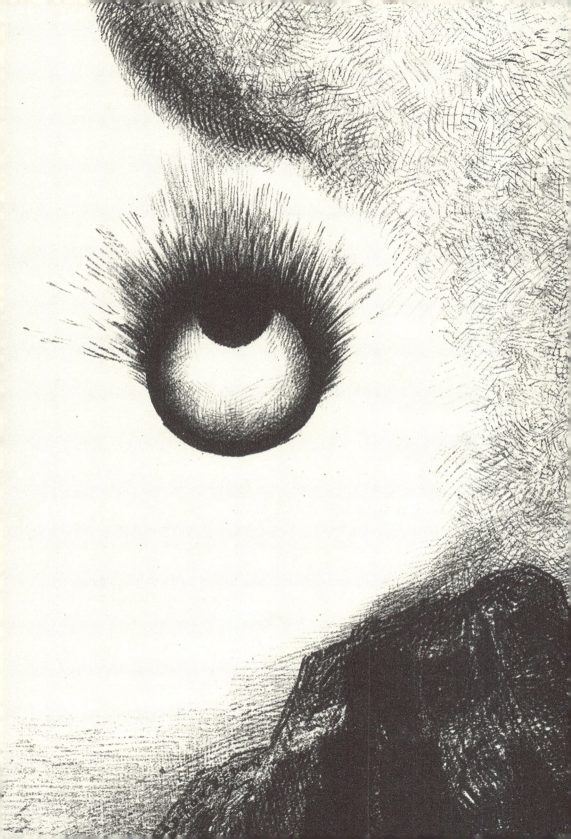

Enfim, o dia nasce...

O GRUPO DOS ÁSTOMOS

semelhantes a bolhas de ar que o sol atravessa.

Não sopra com tanta força! As gotas de chuva nos machucam, os sons desafinados nos arrepiam, as trevas nos cegam. Compostos de brisas e de perfumes, rolamos, flutuamos — um pouco mais do que sonhos, ainda não seres...

OS NISHAS
só com um olho, uma face, uma mão, uma perna, metade do corpo, metade do coração. E dizem, bem alto:

Vivemos bem à vontade, em nossas meias casas, com nossas meias mulheres e nossos meios filhos.

OS BLEMIOS
totalmente privados de cabeça:

Nossos ombros, por isso, são mais largos, e não há boi, rinoceronte ou elefante que seja capaz de carregar o que nós carregamos.

Vislumbres de feições, e como que uma vaga face em nossos peitos, eis tudo! Pensamos digestões, tornamos sutis as secreções. Deus, para nós, flutua em paz nos quilos interiores.

Vamos em frente seguindo nosso caminho, atravessando todos os pântanos, ladeando todos os abismos, e somos a gente mais laboriosa, mais feliz, mais virtuosa.

OS PIGMEUS

Bonequinhos, fervilhamos pelo mundo como vermina na corcunda de um camelo.

Se nos queimam, afogam ou esmagam, reaparecemos sempre, mais vivazes e mais numerosos — terríveis pela quantidade!

OS CIAPODES

Presos à terra por nossas cabeleiras, longas como lianas, vegetamos ao abrigo de nossos pés do tamanho de guarda-sóis, e a luz nos chega através a espessura dos calcanhares. Nada de incômodos nem de trabalhos! A cabeça o mais baixo possível, eis o segredo da felicidade!

Suas coxas levantadas, semelhantes a troncos de árvores, multiplicam-se.
Surge uma floresta. Grandes macacos correm por ela a quatro patas; são homens com focinho de cão.

CINOCÉFALOS

Pulamos de galho em galho para chupar os ovos e depenamos os passarinhos, depois colocamos os ninhos na cabeça, como boinas.

Não deixamos de arrancar as tetas às vacas e vazamos os olhos aos linces, defecamos de cima das árvores e escancaramos nossa torpeza em pleno sol.

Golpeando as flores, despedaçando frutos, turvando as fontes, violando as mulheres, somos donos de tudo, pela força de nosso braço e pela ferocidade de nosso coração.

Ó companheiros! Batei o queixo!

De suas beiçolas escorre sangue e leite, a chuva pelo seu dorso peludo.
Antão aspira o frescor das folhas verdes.

Estas se agitam, os galhos se chocam, e de repente aparece um grande cervo negro, focinho de touro, tendo entre as orelhas uma moita de chifres brancos.

O SADHUZAG

Minhas setenta e quatro hastes são ocas como flautas.

Quando me volto para o vento sul, produzem sons que me atraem os animais encantados. As serpentes se enrolam em minhas pernas, as vespas se colam no meu focinho, e os papagaios, as pombas e os íbis vêm pousar nas minhas hastes. — Escuta!

Abaixa seus chifres, de onde sai uma música inefavelmente suave.
Antão comprime o peito com as mãos. Parece que esta melodia vai arrebatar sua alma.

O SADHUZAG

Mas quando me volto para o vento norte, minha armação, mais espessa do que um feixe de lanças, expele um uivo; as florestas estremecem, os rios voltam atrás, a casca das frutas rebentam, e as ervas se eriçam como cabelos de um medroso.

— Escuta!

Baixa a armação, de onde saem gritos arrepiantes. Antão se sente como que dilacerado. E seu horror aumenta vendo

O MARTICORAS

gigantesco leão vermelho, de face humana, com três filas de dentes.

Os reflexos de meu pelo escarlate se misturam ao espelhamento dos grandes areais. Exalo pelas ventas o pavor das solidões. Escarro a peste. Devoro os exércitos quando se aventuram no deserto.

Minhas garras são torcidas como verrumas, meus dentes em forma de serra, e minha cauda, em espiral, é eriçada de dardos que arremesso para todos os lados. Olha! Olha!

Marticoras atira os espinhos da cauda, que irradiam como flechas em todas as direções. Gotas de sangue salpicam tudo, estalando na folhagem.

O CATOBLEPAS

búfalo negro, com focinho de porco pendendo até o chão e ligado às espáduas por um pescoço delgado, comprido e flácido como uma tripa esvaziada.

Está chafurdando no chão, e suas patas estão cobertas pela enorme crina de pêlos duros que lhe cobre o focinho.

Gordo, merencório, feroz, sinto continuamente no meu ventre a quentura da lama. Meu crânio é tão pesado que não consigo carregá-lo. Lentamente eu o enrolo à minha volta e, de queixada entreaberta, arranco com a língua as ervas venenosas umedecidas pelo meu hálito. Uma vez devorei as patas, sem dar por isso.

Antão, ninguém viu meus olhos, e os que os viram, morreram.

Se eu levantasse as pálpebras — minhas pálpebras róseas e inchadas — morrerias na hora.

... redondos como odres,
chatos como lâminas...

ANTÃO

Oh, aquele!... Tem... tem... Se eu tivesse inveja?... Sua bestialidade me atrai. Não! Não! Não quero!

Fixa os olhos no chão.

Mas a erva se inflama, e no serpentear das chamas se levanta

O BASILICO
enorme réptil violeta de crista trilobada, com dois dentes, um em cima, outro em baixo.

Cuidado, vais cair na minha goela! Bebo fogo! O fogo sou eu, e o aspiro de toda a parte: das nuvens, das pedras, das árvores secas, do pelo dos animais, da camada dos pântanos. Meu calor nutre os vulcões, sou eu que dou brilho às pedras preciosas e cor aos metais.

O GRIFO
leão com bico de abutre, de asas brancas, patas vermelhas e pescoço azul.

Sou senhor dos profundos esplendores. Conheço os segredos dos túmulos onde dormem os velhos reis.

Uma corrente presa à parede conserva suas cabeças erguidas. Perto deles, em banheiras de pórfiro, mulheres que eles amaram flutuam em líquidos negros. Seus tesouros estão dispostos em salas, formando losangos, montículos, pirâmides e, mais em baixo, bem em baixo dos túmulos, depois de longas caminhadas no meio de trevas sufocantes, há rios de ouro e florestas de diamantes, prados de rubis, lagos de mercúrio.

Encostado à porta do subterrâneo, de garra erguida, espio com as pupilas flamejantes os que quiserem entrar. A planície imensa, até o extremo do horizonte está totalmente rasa e alva de ossos de viajantes. Para ti, os batentes de bronze se abrirão, e aspirarás o vapor das minas, tu descerás às cavernas... Depressa! Depressa!

Escava a terra com as patas, cantando como um galo.

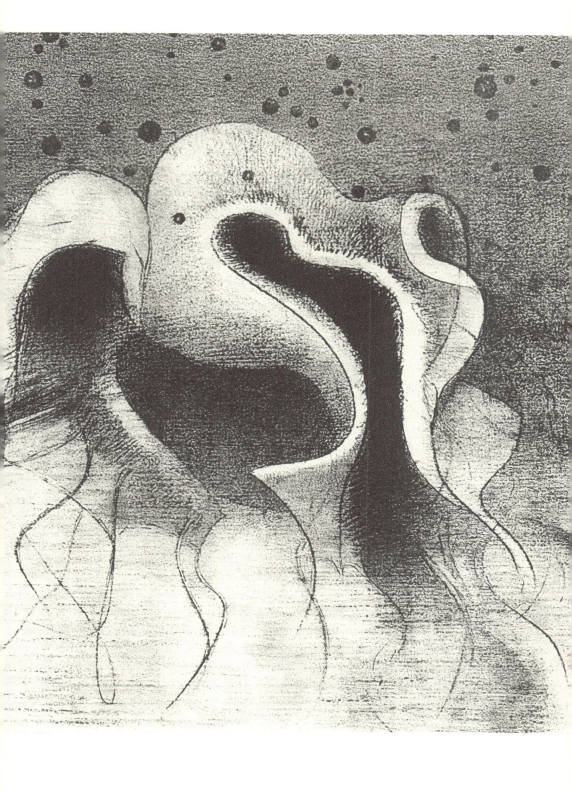

Os Monstros Marinhos: *Povos diversos vivem nos países do oceano...*

Mil vozes respondem. A floresta estremece.

E surge toda a espécie de animais pavorosos: o Tragélafo, metade veado, metade boi; o Mirmecoleo, leão na parte da frente, formiga na parte de trás e com a genitália do avesso; o píton Aksar, de sessenta côvados, que apavorou Moisés; o grande furão Pastinaca que mata as árvores com seu fedor; o Presteros, que dá imbecilidade só com o contato; o Mirag, lebre cornuda que habita as ilhas do oceano. O leopardo Falmant que rasga o ventre a força de uivar; o Senad, urso de três cabeças, retalha os filhos com a língua; o cão Cepo espalha pelos rochedos o leite azul de suas mamas. Mosquitos começam a zumbir, sapos a pular, serpentes a silvar. Relâmpagos brilham. Cai chuva de pedras.

Um pé de vento se levanta, cheio de anatomias fantásticas. São cabeças de jacarés com patas de bode, corujas de cauda de serpente, porcos de focinho de tigre, cabras de garupa de mula, rãs peludas como ursos, camaleões do tamanho de hipopótamos, vitelas de duas cabeças, uma chorando, a outra mugindo, fetos quádruplos presos pelo cordão umbilical e valsando como piões, ventres alados que esvoaçam como mosquitos.

Chovem do céu, brotam da terra, escorregam das rochas. Por toda parte chamejam pupilas, rugem goelas; os peitos se arqueiam, as garras se alongam, os dentes rangem, as carnes marulham. Uns estão parindo, outros copulam, ou se devoram mutuamente de uma só dentada. Asfixiando-se numa montoeira, todos se multiplicam pelo contato, trepam uns nos outros e oscilam em volta de Antão, num balanço regular, como se o solo fosse a ponte de um navio. Sente nas canelas o rastro das lesmas, nas mãos o frio das víboras e, aranhas, tecendo a teia, o envolvem numa rede.

Mas o círculo dos monstros se entreabre; o céu, de súbito, fica azul, e

O LICORNE

aparece.

A galope! A galope!

Tenho cascos de marfim, dentes de aço, cabeça cor de púrpura, corpo cor de neve e o chifre da minha testa tem os matizes do arco-íris.

Viajo da Caldeia ao deserto tártaro, pelas margens do Ganges e pela Mesopotâmia. Ultrapasso as avestruzes. Corro tão depressa que arrasto o vento. Roço o dorso pelas palmeiras e me espojo nos bambus. De um pulo, salto os rios. Pombas voam sobre mim. Só uma virgem pode me refrear.

A galope! A galope!

... e no próprio disco do sol,
resplandece a face de Jesus Cristo...

Antão o vê fugir.

E estando de olhos erguidos, avista todas as aves que se nutrem de vento: o Guith, o Ahuti, o Alfalim, o Iukneth das montanhas de Caff, os Homai dos árabes, que são as almas de homens assassinados. Ouve os papagaios proferirem palavras humanas, e depois os grandes palmípedes pelágios soluçando como crianças ou escarnecendo como velhas. Sente nas narinas um ar salino. Tem agora uma praia à sua frente.

Ao longe, se elevam repuxos, lançados por baleias, e do fundo do horizonte

OS MONSTROS MARINHOS

redondos como odres, chatos como lâminas, dentados como serras, avançam se arrastando pela areia.

Vem para as nossas imensidades, onde jamais ninguém desceu!

Povos diversos vivem nos países do oceano. Uns moram nas tempestades, outros nadam plenamente na transparência das ondas frias, pastam como bois em planícies de coral, aspiram pela tromba o refluxo das marés, ou carregam nas costas o peso das nascentes do mar.

Fosforescências brilham nas barbas das focas, nas escamas dos peixes. Ouriços giram como rodas, cornos de Amon se desenrolam como cabos, ostras fazem chiar as charneiras, pólipos desdobram os tentáculos, medusas tremem, semelhantes a bolas de cristal, esponjas flutuam, anêmonas vomitam água, nascem musgos, sargaços.

E toda a espécie de plantas formam ramos, torcidas como verrumas e abertas em leque. As abóboras lembram seios, cipós se enroscam como serpentes.

As dedaíns da Babilônia, que são árvores, dão como frutos cabeças humanas; mandrágoras cantam, a raiz baaras se expande pela erva.

Agora, os vegetais não se distinguem mais dos animais. Polipeiros, que parecem sicômoros, têm braços na base. Antão pensa ver uma lagarta entre duas folhas: é uma borboleta que esvoaça. Vai para pisar num seixo, salta um gafanhoto cinzento. Insetos

semelhantes a pétalas de rosa cobrem um arbusto; fragmentos de efemérides formam no solo um tapete nevado.

E assim as plantas se confundem com as pedras.
Pedras soltas aparentam crânios, estalactites parecem tetas, flores de ferro são como tapeçarias ornadas de figuras.
Em pedaços de gelo, ele apercebe florescências, marcas de conchas e arbustos, a ponto de não saber se são sinais dessas coisas ou as próprias coisas. Diamantes brilham como olhos, minerais palpitam.
E, então, o eremita perde o medo!
Antão se deita de barriga para baixo, fica apoiado nos cotovelos, contém a respiração e olha.

Insetos já sem estômago continuam comendo, fetos secos voltam a florir, pedaços que faltavam crescem.
Por fim, avista pequenas massas globulosas, do tamanho de cabeças de alfinete, contornadas de cílios. Uma grande vibração se faz sentir.

ANTÃO
delirando:

Ó felicidade, felicidade! Vi nascer a vida, vi o movimento começar. O sangue das minhas veias lateja tanto que as vai romper. Sinto vontade de voar, nadar, latir, mugir, uivar. Gostaria de ter asas, carapaça, casca, soltar fumo, soar trombeta, torcer o corpo, me dividir por toda parte, estar em tudo, me evaporar com os aromas, crescer como as plantas, correr como a água, vibrar como o som, brilhar como a luz, me enroscar em todas as formas, penetrar cada átomo, descer até o âmago da matéria — ser a matéria!

Enfim, o dia nasce, e como as cortinas de um tabernáculo que se franzem, nuvens de ouro formando grandes volutas, desvendam o céu.
Bem ao centro, e no próprio disco do sol, resplandece a face de Jesus Cristo.
Antão faz o sinal da cruz e se entrega de novo à oração.

FIM

Frontispício do primeiro álbum de Odilon Redon *As tentações de Santo Antão (1888)*.

APÊNDICE

A SANTIDADE EM CRISE

Contador Borges

Que a experiência da escrita intensifica a vida é razão suficiente para que os escritores (e leitores) façam dos livros seus parceiros constantes, pois neste diálogo com a vida que se desdobra em pensamento na linguagem, neste confronto com os mais diversos temas e aspectos da existência, ficamos muitas vezes frente a frente com os nossos próprios limites.

O exercício da escrita e da leitura, atos complementares, reversíveis, mais do que enxertados na vida, são atos de vida eles mesmos.

Quais sejam os elementos em questão, o desespero, a loucura ou algum outro tipo de excesso imanente ao processo, o que fazemos na maior parte das vezes diante de um livro é nos solidarizar com os circunlóquios do autor seguindo-o nos meandros mais tortuosos, tomando com veracidade máxima suas conjunções absurdas, sua aposta no impossível.

E se destruir, como diz Blanchot,[1] é de fato a consolação de um desespero e tal atitude serve para aplacar no homem as ameaças do tempo, podemos entender melhor os desastrosos destinos das personagens de Flaubert.

Para quem dizia como ele que "o desespero é meu estado normal", a escrita, sua maior razão de ser, prática na qual se dizia um devoto, um asceta, parece constituir-se num espaço de destruição e degradação no qual o acúmulo de reveses, malogros, contratempos, desgraças, formam por vezes a tônica de seus livros. Participam disto direta ou indiretamente essas *personas* nomeadas Emma e Charles Bovary, Santo Antão, Félicité, São Juliano, Bouvard e Pécuchet, entre outras, partícipes de uma fatalidade, de uma exigência que as irmana melancolicamente nessa aceleração da vida em que a falta e a perda, o desastre inevitável, o desengano e o sofrimento agudo são constantes na dinâmica narrativa, assim como os elementos de corrupção do tempo e seus efeitos, isso que Baudelaire associava a um dos aspectos da beleza, o transitório implacável, semeado pelo horror e pela morte.

---

[1] Maurice Blanchot. *L'amitié*. Paris, Gallimard, 1971, p. 132.

A propósito, também há algo de baudelairiano na associação feita por Flaubert entre corrupção e beleza que não passou despercebida ao promotor Pinard no processo contra a sua mais famosa obra. O argumento em questão era justamente o de que a beleza da senhora Bovary jamais fora tão arrebatadora do que após a sua queda, vale lembrar, sua adesão voluntária aos desvios de conduta em pensamento e ato, culminando no adultério.

Um indício que atesta modernidade a uma época, diz Baudelaire com este condimento provocador de Michel Leiris, é o fato de que o aspecto efêmero e circunstancial da beleza estaria ligado a um elemento de corrupção.[2] Emma Bovary seria um emblema dessa mulher a qual, após o pecado, para falar nos termos de Baudelaire, se torna mais bela porque seus atos abrem uma ferida na sociedade de seu tempo, que assim passa a enxergar melhor a si mesma. Talvez por isso se possa dizer que tal beleza tem algo de trágico e entender o porquê de tanta indignação, já que ela é o produto desta sociedade horrorizada com a própria imagem. A beleza terrível de Emma incomoda mesmo após sua morte, quando, no leito, erguem-lhe a cabeça para colocar uma coroa. Nesse instante surpreendente, o sentido especular que parecia enterrado ressurge num jato negro que sai "como um vômito de sua boca". "Oh, meu Deus! O vestido, cuidado! gritou a senhora Lefrançois".[3] O susto procede, sem dúvida, pois a mancha seria indelével.

De acordo com Leiris, a corrupção instalada no signo da beleza é potencial-mente um elemento atuante na modernidade preconizada sob a égide de violentas metamorfoses sucessivas. Não será precisamente o desejo de destruição uma das maiores tentações da modernidade, atitude que se volta inclusive contra os meios de expressão dos artistas e dos escritores? As vanguardas históricas do século XX via de regra tomaram esta tópica por divisa, levando-a às últimas consequências.

No caso de Flaubert, no entanto, o que se verifica é o esforço primordial de preservação da língua a todo custo, o amor pela frase, o cultivo do estilo. Talvez seja esse um paradoxo que vale a pena ressaltar, o modo como Flaubert concilia o desejo de destruição e degradação com o empenho de conservação em suas obras. Ele parece aproximar-se da ideia de seu contemporâneo Baudelaire que via na beleza dois aspectos complementares, um estático e permanente, outro mutável e degenerante. Este duplo aspecto nasce da relação do artista com a obra sob o influxo de fenômenos circunstanciais.

Em Flaubert, com frequência, enquanto a escrita busca uma forma perfeita, uma prosa de beleza perene, as ações das personagens e a atmosfera que as envolve, pelo contrário, denunciam os efeitos de destruição e degenerescência a que são submetidas. É o que talvez torna esta escrita simultaneamente o lugar de uma ascese e de um sacrifício, de um atentado e de uma glória. Por um lado, seu autor

---

[2] Michel Leiris. *Miroir de la tauromachie*. Paris, Fata Morgana, 1981, p. 36.

[3] Flaubert. *Madame Bovary*. Paris, Librairie Générale Française, 1961, p. 390.

se engaja na escrita a fim de preservar sua substância, torná-la única, incorruptível; por outro, suas personagens são vitimadas por todo tipo de tentações que as fazem cometer loucuras, levando-as à violência, à degradação, ao sofrimento, à morte: "Gosto de usar as coisas. Ora, tudo se desgasta mesmo; jamais senti algo ao qual não tivesse tentado dar fim".[4]

A exemplo de outras obras suas, e talvez mais do que elas, *As tentações de Santo Antão* exigiram muito de Flaubert, não porque quisesse romper os limites da linguagem como seu contemporâneo Mallarmé, ou como posteriormente fizera Joyce, mas porque sua tarefa era explorar ao máximo as possibilidades desses limites.

Flaubert conduziu a escrita no sentido de obter a melhor expressão possível, a mais límpida, no mais refinado estilo, em nome de uma verdade que a ficção adquire exatamente por guardar no âmago o sonho de perpetuar a língua nesse pacto audacioso entre o desejo de continuidade e a emancipação da forma. Flaubert quis "glorificar a prosa",[5] tornando o romance um território em que a linguagem prodigiosa soasse absoluta, portadora de uma beleza, de um significado que devolvessem o homem a si mesmo, esmerando-lhe esta imagem a qual, se denuncia por um lado sua fragilidade, suas faltas, sua tendência à perda, seu desespero, suas transgressões grandes ou pequenas, seu sonho de impossível, por outro como que o exime de toda culpa, numa espécie de redenção pela palavra.

Por isso o estilo é uma obsessão em Flaubert: "o estilo corre em meu sangue"; ele é o que propriamente singulariza o fluxo da escrita, ao mesmo tempo em que inebria e atormenta o escritor: "O estilo que é algo que eu tomo a peito, mexe com meus nervos de modo horrível. Eu me exaspero, me corroo. Há dias em que fico doente, e, à noite, tenho febre. Quanto mais faço, mais me sinto incapaz de exprimir a Ideia".[6]

O estilo, portanto, vem do corpo, martiriza-o, interferindo na vida, exigindo do escritor algo além dele mesmo, nunca se deixando pegar por inteiro, sempre adiando seu entendimento, seu controle. Da mesma forma, o sentimento de terror o acomete no começo de um novo livro: "Sempre tenho medo de escrever. Será que também sentes, assim como eu, antes de começar uma obra, uma espécie de terror religioso...?", confessa à amiga Louise Colet, em sua correspondência.[7]

A escrita, o estilo, as tentações. Tudo passa pelo corpo. É com o corpo que se escreve, a despeito dele mesmo; é por meio do estilo que o corpo se inscreve no idioma (para livrar-se de si mesmo?).

Flaubert é o escritor encerrado em seu gabinete de trabalho, em Croisset, avesso às ocorrências do mundo exterior. À maneira de Kafka, se aborrece com tudo que

---

[4]   Citado por Victor Brombert, in: *Flaubert*. Paris, Seuil, col. Écrivains de toujours, 1971, p. 23.
[5]   Expressão utilizada por Maurice Blanchot, in: *L'entretien infini*. Paris, Gallimard, 1969, p. 487.
[6]   *Flaubert*, op. cit, p. 46.
[7]   Idem, p. 31.

não seja literatura, como se a ficção fosse o único mundo possível, desejável em sua irrealidade. "Sou um homem-pluma. Sinto através dela, por causa dela, com relação a ela, e muito mais com ela".[8]

Sua relação com a arte leva-o a escolhas difíceis, a livros quase impossíveis. Assim o vemos trabalhando em *As tentações de Santo Antão*: "Passo minhas tardes com as janelas fechadas, as cortinas cerradas, sem camisa, numa roupa de carpinteiro. Grito! Suo! É soberbo! Há momentos em que, decididamente, é mais que delírio".[9] Bela imagem do artesão delirante, absorto no trabalho. Assim também veremos Valentim, uma das *personas* do escritor nas *Tentações*, sentenciar: "o mundo é obra de um deus em delírio".

Em Flaubert, o leitor depara-se com a experiência humana dissecada numa mesa de autópsia. Tudo é sondado até os ossos porque o escritor é desses que dá testemunha do vivido como se a urgência da escrita fosse a única resposta ao peso da carne e à desolação da vida, que afinal não é senão "uma indigestão contínua". Eis um sentido decorrente desse minucioso exame do comportamento humano cujo sentimento acaba por vezes empalhado como o papagaio de Félicité em "Um coração simples". E o diagnóstico perturbador é quase sempre o mesmo: "somos, enquanto duramos, tão-somente corrupção e putrefação sucessivas, alternadas, invasoras, uma sobre a outra".[10]

Flaubert é um narrador do tempo e seus efeitos sobre os homens, sobre as coisas (e também dos lapsos de tempo), efeitos que se transformam em outros no amálgama da linguagem, onde, num passe de mágica, um golpe de vento ergue os gorros das camponesas "como asas de borboletas brancas que se agitam".[11] A máquina metafórica de Flaubert registra o momento em que o banal se torna subli-me, porque é nesta fresta mínima que pulsa a vida, tornando-se única, irrepetível; este acontecimento feito linguagem onde tudo passa em branco, no entre-tudo, reino do invisível. E de repente o tempo morto, o espaço infinitesimal ganham visibilidade. A vida adquire cores inesperadas.

Toda essa ação das coisas sobre a linguagem e da linguagem sobre as coisas, ao desdobrar-se em outras arrasta as personagens para o centro, onde inapelavelmente tudo acaba se consumindo em seu próprio excesso: Emma Bovary no círculo vicioso e destrutivo das paixões, Santo Antão na impotência ante a voracidade das imagens tentadoras, Bouvard e Pécuchet, no sonho do absurdo, daquilo que não se mantém em pé no mundo normativo da racionalidade e do bom senso.

---

[8] Idem, p. 43.
[9] Idem, p. 77.
[10] Idem, p. 21.
[11] Flaubert. *Madame Bovary*, op. cit., p. 183.

As personagens de Flaubert parecem expostas a uma ameaça obscura, a uma força contrária que acaba valendo para todos os efeitos, reduzindo a cinzas seus sonhos e extravagâncias. Elas são apanhadas pelo sentimento de desilusão corriqueiro no plano melancólico da indiferença. Tais personagens vivem do "bovarismo" este termo que designa, na definição de Victor Brombert,[12] a sede do impossível, a angústia diante da insuficiência da vida, sempre aquém do ideal luminoso, impreterivelmente adiado, cada vez mais distante.

Por vezes este ideal adquire contornos místicos e leva as personagens a almejarem a santidade, enquanto o escritor, ele mesmo, vive isolado "como um cartuxo" (monge da ordem contemplativa de São Bruno), e, a exemplo do eremita do deserto, "sequestrado numa aspereza solitária".

No extremo, tal atitude, como bem entendeu Flaubert, revelava outra face: a de que este "ascetismo", este ideal de santidade, minimamente falando, não está isento de suspeita. Para não dizer simplesmente que os extremos se tocam, certa correlação entre a experiência mística e a libertina chega a ser instigante. No que toca Flaubert, é oportuno trazer à tona suas próprias palavras: "Jamais pude ver passar sob o clarão da luz uma dessas mulheres decotadas, sob a chuva, sem que o coração batesse, do mesmo modo que o hábito dos monges com seu cordão de nós me deleita a alma em não sei que parte ascética e profunda. Existe nesta ideia de prostituição um ponto de intersecção tão complexo, luxúria, amargura, o nada das relações humanas, frenesi do músculo e soar de ouro, que só de olhar em seu fundo sinto vertigem".[13] Ou ainda: "O deboche me agrada e vivo como um monge."[14]

Aproximando-nos um pouco do universo sadiano, não alheio a Flaubert, vemos que os signos da religião frequentemente se encontram deslocados no espaço da libertinagem, e que os devassos muitas vezes são egressos de instituições religiosas. Se a religiosidade cristã renega o erotismo, ele parece retornar de algum modo das sombras de sua própria negação. Tal como uma infiltração laboriosa, persistente, o erotismo acaba sempre vazando em algum lugar. Era tentando controlá-lo que os teólogos medievais advertiam contra o perigo da *delectatio morosa*, o deleite reiterado com as imagens carnais da imaginação.

Ao final do *Diálogo entre um padre e um moribundo*, de Sade, o padre, vencido pelos argumentos do devasso prestes a expirar mergulha na orgia entre "mulheres mais belas que o sol", como a dizer que uma devoção profunda só pode ser substituída por uma prática equivalente, com a mesma entrega radical, embora oposta.

Em meio a isso ressalta-se um tema nas páginas de Flaubert: a *tentação*. A tentação é uma espécie de paranoia, delírio recorrente das personagens flaubertianas, levando-as muitas vezes a se excederem.

---

[12] Op. cit., p. 49.
[13] Idem, p. 17.
[14] Idem, ibidem.

Santos, místicos e castos, vivem sob a ameaça das tentações, esta "antiga serpente", no dizer dos teólogos medievais. Tentado, o religioso regressa ao estado animal ou humano, refratário ao espírito e ao divino.[15] É preciso vencer as tentações "esmagando a cabeça da serpente" com a determinação de fortalecer a fé para que a experiência da santidade possa adquirir todo o seu significado.

Assim como no universo sadiano os devassos se cercam de virtuosos para praticarem os ritos da libertinagem, na experiência mística o santo enfrenta a presença perturbadora do mal e dos agentes de corrupção. As tentações são recorrências de um mundo sensível, de apelo corporal, que o aspirante à santidade tem de dominar em sua ascese, que será tanto mais sublime quanto mais obstáculos vencer.

Eis a propósito este tópico assinalado pelo promotor no processo contra *Madame Bovary*: "vejo até que ponto o sr. Flaubert excede na pintura; ele adora pintar tentações, sobretudo as tentações sob as quais sucumbiu a senhora Bovary".[16] E havendo lido os fragmentos *de As tentações de Santo Antão* no periódico *O artista*, Pinard, após citar uma passagem, acrescenta: "pois bem, é a mesma cor, a mesma energia de pincel, a mesma vivacidade de expressão!"[17]

Não é difícil perceber o quanto a tentação impulsiona a escrita de Flaubert debelando a narrativa nas ações transgressoras, sendo o tema central dessa obra vertiginosa animada por imagens que nos arrastam para dentro de seu fluxo; tentações aqui atribuídas a um certo eremita egípcio aspirante a santo, conhecido por Antônio ou Antão.

Desde cedo o fantasma dessa obra já rondava o escritor. Sua origem talvez tenha sido um espetáculo de marionetes que Flaubert viu quando criança, encenado por um padre. Mais tarde, em Gênova, fascina-se com a obra homônima de Brueghel, o Jovem, mostrando o eremita rodeado por mulheres nuas, criaturas voadoras, monstros ameaçadores e grotescos de todo tipo, enquanto olha fixamente a Escritura. Seu primeiro esboço, como destaca Foucault,[18] talvez já esteja em algumas de suas obras de juventude, as *Memórias de um louco*, o *Sonho de inferno*, a *Dança dos mortos* e, sobretudo, *Smahr*, nas quais vigoram a mesma violência, a mesma obsessão com os aspectos mais sombrios do humano: o erotismo, a monstruosidade, a carnificina, o terror, a podridão, a morte. A atmosfera lúgubre dessas obras tem algo da têmpera sadiana, e parece antecipar muito das cenas de suplícios, estupros, mutilações que serão vistas em *Salambô* e nas *Tentações*.

---

[15] M.-M. Davy. *Théologie et mystique de Guillaume de Saint-Thierry*. Paris, Librairie Philosophique J. Vrin, 1954, p. 70.
[16] Ver: Apêndice, in: *Madame Bovary*, op. cit., p. 433.
[17] Idem, ibidem.
[18] Michel Foucault, "Posfácio a Flaubert", in: *Estética: Literatura e Pintura, Música e Cinema*. Col. Ditos & escritos III, Manoel Barros da Costa (org.). Rio de Janeiro, Forense Universitária, 2001, p. 76.

O romance do eremita e suas alucinações no deserto sofre três profundas mudanças antes que Flaubert vingue seu intento. É que "jamais conhecerás o universo em sua extensão plena... pois seria preciso antes conhecer o infinito".[19] Este ideal pensado em relação à escrita, e que encontra sua possibilidade na prosa, encerra no entanto um dilema terrível: "eis porque a prosa é diabólica, é porque ela jamais acaba".[20]

Enquanto o signo da destruição e da morte, da perda irreparável assinala a descontinuidade, a prosa interminável mostra que a escrita conserva em si mesma um desejo de continuidade, alentado a cada projeto, a cada nova obra, pois a escrita, essencialmente, é infinita.

Em 1849, a primeira das versões é lida na presença de seus íntimos, Louis Bouilhet e Maxime Du Camp, que deveriam julgá-la. Para a decepção de Flaubert, e valendo-se da imunidade natural que os amigos desfrutam entre si, ambos aconselham-no a "jogá-la no fogo e não se falar mais nisso". Já a segunda versão, bastante reduzida, é terminada em 1856, um ano depois de *Madame Bovary*. O periódico *O artista*, dirigido pelo poeta Théophile Gautier, publica alguns de seus fragmentos. Flaubert, à época abalado pelo processo contra *Bovary*, adia a publicação de *As tentações* em livro. Somente em 1874, totalmente reformulada, a obra vem a lume por intermédio do amigo Ivan Tourgheniev.

As tentações de Santo Antão é uma mescla de gêneros literários (relato, poema, teatro) sobre um homem e seus fantasmas no deserto, as tentações da carne que o assaltam, assumindo múltiplas formas.

Segundo a única fonte disponível, a biografia feita por Atanásio, bispo de Alexandria, Santo Antão nasceu no Egito em 251. Após a morte dos pais deixou seus bens e a irmã aos cuidados de terceiros, e deu início à vida de eremita. Durante sua longa existência viveu numa tumba abandonada, num velho castelo na montanha e, finalmente, no deserto da Tebaida, sempre em extrema pobreza, onde vamos encontrá-lo logo no início do livro de Flaubert, em meio a seus reles pertences: "uma moringa, pão escuro; e, ao centro, num estrado de madeira, a Bíblia; ao chão, esteiras, uma cesta, uma faca". Atanásio conta que o eremita só se alimentava uma vez por dia, de pão, sal e água, abstendo-se de todo o conforto material, visando com isso enfraquecer as tentações da sensualidade. O diabo, no entanto, incutia em seu espírito pensamentos obscenos, e, certa noite, toma o aspecto de uma mulher para seduzi-lo. Outra vez, ainda conforme o relato de Atanásio, os demônios fazem tanto barulho que o local todo treme. A seguir irrompem metamorfoseados em

---

[19] Citado por Maurice Blanchot, in: *L'entretien infini*, op. cit., p. 492.
[20] Citado por Victor Brombert, op. cit., p. 119.

bestas de todo o tipo: leões, touros, lobos, escorpiões, serpentes, e atacam o eremita que sente na carne dores atrozes.[21]

A julgar pelo relato histórico, Antão não pertencia exatamente ao grupo dos "iluminados", dos "simples na fé", os quais, segundo certas fontes de teologia medieval, de modo algum se sujeitam às tentações.[22]

As tentações ou vícios considerados inerentes à natureza humana são de duas espécies: a concupiscência da carne e a blasfêmia do espírito. Um crente "iluminado" não é sensível aos "sussurros do demônio", à linguagem traiçoeira, ardilosa, das tentações. Por razões de negligência, limitação intelectual para o entendimento das "verdades sobrenaturais", ou por causa do espírito muito orgulhoso, um crente pode deixar o campo livre para o ataque das forças malignas.[23]

Flaubert explora ao máximo no romance algumas dessas "fraquezas" do santo. Encontramo-nos em sua presença no momento em que começa a questionar sua condição, o porquê de tantos anos de miséria e privações. Com a fé abalada, o personagem de Flaubert é um santo em crise, favorecendo a ação alucinógena das imagens tentadoras que formam essa linguagem de sedução.

Sob a luz de uma tocha ele vê uma palmeira de folhas amareladas transformar-se num "tronco de mulher debruçada sobre o abismo...", em seguida, são as letras do livro santo que se tornam "um arbusto todo coberto de andorinhas". Resolve apagar a tocha, mas na escuridão profunda da noite surgem outras imagens: "um charco de água, depois uma prostituta, a esquina de um templo..." Tais imagens, são "como pinturas escarlates em fundo de ébano". Desesperado, o eremita fecha os olhos, mas as imagens continuam em profusão: ele é "envolvido, cercado pelas figuras que vão se multiplicando". Quando a fé vacila, as tentações tomam forma, diversificam-se, sucedendo-se umas às outras em metamorfose contínua.

Tal passagem dá o tom do livro. O santo jamais se livra do assédio das imagens, pois são elas que alimentam a escrita. A ruína do santo é a vida do texto e sua opulência. Tudo acontece como se a escrita de Flaubert num só movimento arruinasse o santo para glorificar a palavra.

Enquanto o santo solitário trança esteiras que serão trocadas por víveres para a sua subsistência, a escrita trama sua irresistível rede de sintagmas tentadores.

As tentações nascem do desejo de transfiguração da escrita. O santo se arruína para que a escrita desenvolva plenamente sua forma exuberante. "Sem o amor da forma, eu talvez teria sido um grande místico".[24] Enquanto Flaubert, por assim dizer, cede à tentação da forma e se aliena de seu "misticismo", a escrita arma e lança

---

[21] Ver: Flaubert. *La tentation de Saint Antoine*. Édition de Claudine Gothot-Mersch. Paris, Gallimard, col. Folio classique, 1983, p. 251.

[22] *Théologie et mystique*, op. cit., p. 71.

[23] Idem, p. 70.

[24] Citado por Victor Brombert, op. cit., p. 11.

a rede de sintagmas, rede magnética das tentações, sobre o eremita (e o leitor). De modo que, além do incauto e descuidado santo, caímos todos na rede de Flaubert.

A carnalidade furiosa das tentações são como "pinturas escarlates em um fundo de ébano". Trata-se, como se viu, de uma sobreposição de figuras sobre o espaço vazio do deserto. A sequência das imagens que vão preenchendo este espaço nasce propriamente do movimento da escrita em sua busca pela forma, de modo que as tentações vão surgindo, se entrelaçando no sintagma, e o santo se arruinando para que a escrita atinja seu esplendor.

Antão é *aquele que renega*. Dedicou a vida à santidade. Na tradição cristã de origem platônica, o corpo é condenado para que o espírito, aliviado de seu peso, de seu sentido, possa transcender a Deus. O eremita de Flaubert entra em cena precisamente quando ameaçado pelo efeito dessas privações que assumem a forma fantasmagórica da tentação, o retorno intransigente das demandas carnais.

Isso deve ter fascinando Flaubert, já que explorar os limites do santo, suas paixões e fraquezas, seus desejos e contradições, abria para a literatura a concorrência do fantástico, o reino imprevisível das metamorfoses, a expansão dos sentidos em torrente de imagens inusitadas. É um fascínio que a leitura da obra comprova, uma vez que temos diante dos olhos em matéria viva esta explosão de formas e cores as quais parecem contraditoriamente suspensas no ar e presas pela frase, tal o efeito deslumbrante que provocam e que ainda permanece em nossa mente quando fechamos o livro.

Antão é um homem no deserto, assim como o escritor um homem diante de uma folha de papel em branco. As tentações de um são o estímulo, o desafio do outro. Nesta obra Flaubert parece ter encontrado a possibilidade de materializar o inexprimível numa linguagem suntuosa que se consuma ao mesmo tempo em que afirma os poderes do corpo, da sensualidade.

Eis porque o santo é uma personagem quase imóvel no livro, estacionária, monótona, servindo o mais das vezes como pretexto para a fabulação poética de Flaubert. Sua fórmula é sempre: "mais uma vez me iludo", proferida ao longo do romance.

Por outro lado, o movimento narrativo se repete e o leitor, ao final de cada desfile das imagens tentadoras, já sabe que o anacoreta será iludido, cairá na própria rede, e terá no fim as mãos vazias. Procedimento análogo ocorre em *Bouvard e Pécuchet*, este "livro sobre o nada": a certo ponto da narrativa, o leitor já antecipa o sentimento de fracasso dos dois amigos desastrados que se atiram aos mais diversos (e absurdos) empreendimentos e tudo o que fazem dá errado. A desilusão e a sensação de vazio são similares, com a diferença que os "idiotas" de Flaubert atendem ao apelo de suas fantasias, realizando-as de bom grado.

225

Para o escritor, no entanto, como para o leitor, estas "ilusões" interessam e muito. A frase do eremita serve de pontuação aos blocos narrativos que se fecham com seus cenários, personagens, máscaras (híbridos de deuses e monstros), ao mesmo tempo em que a pausa e a leitura casual da Bíblia feita por Antão prepara o terreno para novas tentações.

A dinâmica da narrativa flaubertiana é nesse ponto semelhante à movimentação dos episódios sadianos, nos quais, após a morte das vítimas, o derramamento de sangue e esperma dos agentes da libertinagem, recomeça-se um novo ciclo de orgias e horrores. Em ambos os casos, estamos no domínio da hipérbole, pois esta figura faz com que a simulação do real se multiplique em progressão geométrica para intensificar, adulterando, as formas da vida e com elas nossa percepção do tempo e do espaço.

As tentações ativam um mecanismo hiperbólico que aumenta a ilusão e o poder das imagens, das sensações, de modo a tornar a luta contra elas ainda mais difícil. Quanto mais se as combate, mais elas se revigoram e carregam suas tintas, ficando mais assustadoras, pois o giro incessante, caleidoscópico, deste conjunto de motivações visuais sobrepõe-se à inércia apática da vida no deserto, sempre a mesma, como uma espécie de grau zero da existência. Elas conservam exatamente aquilo que as ilusões contêm de essencial: as artimanhas em nos convencer de que exprimem o real mais do que ele próprio, e sua evidência apavorante cresce na mesma proporção de seu absurdo porque as imagens tentadoras são germinações do desejo em solo proibido, as quais, no vigor da ilusão, irrompem no mundo do eremita. O terror do santo tem assim o acréscimo do temor gerado pelo reconhecimento de seu próprio desejo. Eis uma simulação considerável em cadeia que varia e multiplica ao extremo, na superfície plana do papel, a singularidade das alucinações reais.

Todas as religiões e seitas do mundo, seus avatares, comparecem para testar as convicções do eremita. Os agentes das tentações são inúmeros e oriundos de diversas culturas, religiões e mitologias. Isto porque, embora fundadas sob o império da carne (ou do diabo no dizer de Antão), as tentações originam-se, por assim dizer, de um "fundo" religioso misto, universal, por vezes de teor panteísta. O sincretismo impera no texto, pois ele é um instrumento que desautoriza cada religião ou seita em particular em favor de uma pluralidade de aspectos nos quais os rudimentos do divino se cruzam com o humano em sua atitude extrema, multiplicando e rarefazendo as formas de entendimento da relação do homem com o sagrado.

Em muitas religiões, como o tantrismo indiano, a atividade sexual é um meio de participar do sagrado, assumindo inclusive rituais de formas orgíacas. Toda experiência humana, observa Mircea Eliade, é suscetível de ser transfigurada.[25] Em *As tentações*, para todo efeito, opera-se muito dessa transfiguração.

Além disso, para interpelar o eremita, acorrem filósofos, profetas, hereges de todo o tipo, personificações do diabo, da morte, dos deuses pagãos, de Buda, assim como seres híbridos, monstros e outras aberrações mitológicas. As tentações não são meras "imagens". Elas são dotadas de corpo e movimento; são capazes de pensar e falar, exatamente como um ser humano, ou até mais do que ele dado seu aspecto divino ou demoníaco. De cena em cena o desfile prodigioso dessas figuras se sucede em processão alucinada, seja apelando aos apetites corporais do santo, seja desafiando-o em querelas teológicas visando enfraquecer-lhe a fé e o espírito.

Nessa miscelânea de dogmas, práticas conflitantes, excludentes, nesse caldo colossal de cosmogonias, saberes fracionados de culturas díspares de todas as épocas e lugares, tudo acaba se aclimatando no universo indiferenciado da ficção porque nele todo o absurdo se sustenta, tudo é "real". A literatura celebra e concretiza a irrealidade e é fundamentada por ela. Sua função é produzir o real na irrealidade e com isso materializar suas possibilidades em linguagem.

Outro artifício de Flaubert é seguir à risca as bruscas mudanças de cenário. Flaubert é um "cenógrafo" exigente, tal a minuciosidade com que reconstrói e adultera ambientes históricos, fomenta cenas mitológicas, fantasmagóricas. É sabido que o escritor recorreu aos livros, sobretudo de imagens como *As religiões da antiguidade*, de Creuzer, o que levou Michel Foucault a afirmar que por trás das *Tentações de Santo Antão* há sempre as fontes, os livros, daí as expressões "onirismo erudito" e "biblioteca fantástica" que criou para Flaubert e sua obra.[26] Flaubert acreditava que para escrever sobre qualquer assunto é preciso se impregnar totalmente dele, "empanturrando-se até o pescoço". Vemos assim que as "tentações" de Antão nascem das leituras e obsessões de Flaubert.

A vida santa é inseparável da experiência mística. O santo pode ser definido como um altruísta radical, como diz Edith Wyschogrod,[27] dedicando-se ao alívio do sofrimento alheio sem se importar com o próprio, como se seu corpo já não mais existisse. Mas ele precisa do outro, assim como os libertinos precisam de suas vítimas, ainda que num contexto diverso e com objetivos distintos. O santo, a exemplo do libertino e do assassino, distingue-se das pessoas comuns. Tal como eles, vive no extremo da condição humana excedendo seus limites.

No conto de Flaubert, *A lenda de São Juliano hospedeiro*, um jovem nobre, após levar uma vida de caçador sanguinário e acidentalmente matar os pais, atinge a

---

[25] Mircea Eliade. *Le sacré et le profane*. Paris, Gallimard, 1965, col. Idées, p. 145.

[26] Ver: "Posfácio a Flaubert", op. cit.

[27] *Saints and postmodernism*. Chicago, The University of Chicago Press, 1984, p. 58.

santidade ao deitar-se com um leproso para aquecê-lo. O que dizer desse enredo espantoso? Para reaver a dignidade humana e expiar sua culpa, Juliano, o maldito, tem que transgredir novamente. Primeiro ele se humilha por completo, passando a viver como um asceta. Sua "ressurreição" só acontece mediante uma atitude radicalmente oposta, mas igualmente extremada, na qual os limites humanos são forçados. Neste ponto as atitudes do santo e do maldito se equivalem, pois ambas se cumprem na transgressão.

Também Emma Bovary, após chegar ao fundo do poço no relacionamento adúltero com Rodolphe, "quis tornar-se uma santa", imaginando-se beijar todas as tardes "um relicário coberto de esmeraldas".

O caminho para a santidade passa pela negação do corpo, pelo alheamento do *eu*. Transgressor no crime, Juliano se sacrifica para redimir-se numa espécie de "cópula" abjeta com o leproso, cuja carne é "mais fria que uma serpente e mais rija que uma lima". Eis seu ritual de passagem para a santidade. Esta se encontra do outro lado da condição humana. Mas não há volta. Não há retorno pelas vias "normais" do homem. A única saída para Juliano é continuar excedendo, seguindo em frente na base do "salto". O personagem torna-se uma espécie de ponte entre dois extremos inconciliáveis, cuja conturbada travessia representa a exclusão do mal. Uma ponte que simultaneamente separa e une dois elementos, o santo e o maldito, na medida em que o trânsito entre dois extremos, do mesmo modo que a trajetória de cada um, só se faz no excesso, nesse movimento radical de um polo a outro em que a distância e a diferença são anuladas na equivalência de intensidade dos atos. Ou seja, o resultado se deve muito mais a uma relação de força do que de moral. Quem foi a um extremo, também poderá ir a outro, muito mais facilmente do que aquele que não chegou a nenhum. A experiência do excesso demonstra ser menos difícil passar de criminoso a santo, do que ascender a uma dessas condições sem ter conhecido nenhuma. Juliano assim entra em êxtase e se glorifica, ascendendo "em direção ao espaço azul, face a face com Nosso Senhor Jesus Cristo, que o conduzia no céu".[28] Juliano fez o caminho oposto de Antão e chegou onde ele não conseguiu.

Na solidão do deserto, sem a figura do outro para exercer a benevolência, a caridade (uma das três virtudes teologais; as outras são a fé e a esperança), Santo Antão cai na rede das tentações. Ele renega a beleza das imagens na cadeia alucinada do sintagma porque elas se fundam sob o império da carne.

Tanto para Santo Agostinho que se inscreve na tradição do pensamento platônico como para Plotino, filósofo importante para o entendimento do santo católico, a verdadeira beleza é de ordem moral e situa-se além da materialidade corpórea.

---

[28] Flaubert. "La légende de Saint Julien l'hospitalier", in: *Trois contes*. Paris, Flammarion, 1986, p. 108.

Não diz respeito a um mundo governado pelas imagens, pelo poder centralizador do olhar. Para Plotino, a alma deve purificar-se dos desejos e fugir aos prazeres carnais. Eis o caminho para a contemplação da beleza moral que precede a toda beleza e da participação do Bem superior, a fonte e o princípio do Belo. Para este filósofo, o verdadeiro só se identifica com sua natureza essencial. Assim, "é necessário que o olhar se torne semelhante ao objeto que deve ser visto para ser capaz de contemplá-lo".[29]

A recusa de ver em Antão, seu empenho em renegar a carne das imagens tentadoras, é no fundo a recusa dessa identidade fundada sob o corpo, movida pelo medo de assemelhar-se ao objeto da visão. O eremita renega o que vê, pois o que vê já representa, por si só, uma vitória dos sentidos degradantes sobre a pureza do espírito, na medida em que tais visões se comunicam diretamente com ele através do mais perigoso dos órgãos sensíveis: o olhar. É o olhar que positivamente instaura a rede metonímica das tentações que irá capturá-lo (e também o leitor). Mas ele se recusa a ver porque isso implica participar com o corpo do fenômeno da visão, isto é, o acontecimento físico e psicológico das tentações. Ver é deixar-se invadir pela materialidade ilusória das imagens, e, por extensão, tomar parte nelas.

O personagem de Flaubert sabe que a cada nova visão que se submete uma nova série de ações difamantes e contrárias à fé é desencadeada. Afinal, a predominância do olhar sobre os demais sentidos, tão bem percebida por Santo Agostinho, é muito evidente. Os mecanismos da ilusão fazem o resto, atraindo o eremita para dentro de seu campo de força onde o ato de ver já não mais se distingue do agir. A esfera das ações é a última e a mais "sólida" etapa de ocorrência dos fenômenos de realidade. Aqui a ilusão se rompe ou triunfa de vez, e o eremita tropeça em seu próprio gesto, vale dizer, em seu desespero.

A concupiscência dos olhos é provavelmente a mais difícil das tentações na medida em que o olhar tem preponderância sobre os demais sentidos. E como diz Agostinho, contemporâneo de Antão, não só apenas o ato de ver pertence aos olhos, como também o termo é utilizado para a obtenção de qualquer conhecimento. Assim dizemos "vê como isto brilha", e não "ouve como brilha"; dizemos "vê como ressoa", "vê como cheira", pois, todos os demais sentidos encontram-se de certo modo na linguagem subordinados ao olhar. A concupiscência dos olhos é a total experiência que nos vem dos sentidos.[30] Agostinho sentencia afinal o dilema de Antão evocando o livro de Jó: não é "a vida humana sobre a terra uma tentação contínua"?[31]

São comoventes as palavras de Agostinho contra as tentações dos sentidos e a sensualidade, pois sua escrita nos convence exatamente do contrário. Nada mais

---

[29] Plotino. "Sobre o belo", in: *Tratados das Enéadas*. São Paulo, Polar, 2002, p. 34.
[30] Santo Agostinho. "Confissões", in: *Os pensadores*, vol. VI, São Paulo, Abril Cultural, 1973, p. 222.
[31] Idem, p. 214.

sensual para os olhos do leitor do que as belas construções sintáticas e imagens poéticas deste santo, ainda que dirigidas a Deus. A passagem das *Confissões* em que descreve o "prazer do ouvido" é particularmente notável porque evidencia seus temores acerca dos poderes sensuais da linguagem. Assim, aprovava com gosto o cantar na Igreja, pois desse modo os deleites do ouvido conduziam o espírito, em sua fraqueza, aos afetos da piedade. Os cânticos eram uma forma de se chegar até Deus. Não foi outra a motivação do canto ambrosiano e, mais tarde, a do gregoriano. A música só deveria ser validada enquanto meio, veículo do trabalho da fé, sem se fixar em si mesma. O problema, assinala Agostinho, é quando a música sensibiliza mais do que as palavras que conduz. Aí, diz ele, "confesso com dor que pequei".[32] Esse desvio do ato da fé de seu caminho em direção a Deus é uma prova íntima de queda na tentação sensual dos sentidos exercida pela materialidade dos signos. O paradoxo nesse tipo de sedução dos sentidos é que a linguagem das palavras tem um endereço certo, entoar os cânticos em louvor a Deus, mas a materialidade sonora em si mesma desvirtua o ato de fé, perturba o espírito, predispondo os sentidos aos apelos corporais. Isso ocorre porque a materialidade dos signos vibra em contiguidade ao corpo num sintagma indesejável pelo cânone católico. Na aguda percepção de Agostinho, o corpo está sempre presente na linguagem, como em todas as ações humanas, imiscuindo-se inclusive nos atos de fé. Onde há indício dessa interferência há necessariamente valorização do corpo, da matéria, e corrupção da fé pelos dispositivos da volúpia.

O santo de Flaubert acredita que somente zerando as sensações do corpo, do desejo, poderia livrar-se da ameaça das tentações. Teria assim livre conduto às regalias do espírito, gozaria das graças celestes. Esta, aliás, é a via dos místicos. Sua experiência demonstra que os sentidos do corpo podem ser deslocados para o reino do espírito. É o caminho para o êxtase. A fé na transcendência é sempre uma recusa da imanência corpórea, isto é, da ação exclusiva dos sentidos no corpo do indivíduo. No limite, as tentações, a adesão a elas, arruinam a possibilidade da transcendência a Deus. Elas são uma espécie de retorno em "vingança" dos sentidos corporais alienados pela prática recorrente da abstinência.

Os materialistas do século XVIII chamaram a atenção para estas manifestações corporais, porquanto atendê-las era simplesmente ouvir "os apelos", "a voz" da natureza. Para estes filósofos e escritores, o corpo deseja porque a natureza exige, pois esta instância maior do pensamento materialista determina todas as ações humanas. É o que fundamenta uma literatura como a do marquês de Sade, uma filosofia como a de La Mettrie. Os desejos do libertino, os atos do homem-máquina, movidos pelo gozo, justificam as ações cometidas em seu nome; é a finalidade da natureza.

---

[32] Idem, p. 220.

Sabe-se o quanto a obra de Sade fascinou Flaubert, e o quanto se pode constatar algo da violência sadiana nas imagens flaubertianas: erotismo, crimes, violência sexual. Em ambos os autores o corpo é o lugar de diversas operações nas quais é de algum modo alterado, transformado, embora no caso de Flaubert, o corpo martirizado, tornado podre, doente, seu aspecto terrível, não se presta ao gozo dos outros, nem encontra no prazer a justificativa para a destruição do indivíduo. O corpo flaubertiano não provém de um sistema de exclusão em que alguns poucos soberanos encontram-se imunes à ação destrutiva, e outros, as vítimas virtuosas, são alvos em potencial deste efeito corrosivo. O corpo flaubertiano é essencialmente o de um ser vivo no testemunho de sua condição precária, sujeita a toda sorte de catástrofe; corpo que se nulifica (mas que também pode atingir o êxtase, como no caso de Juliano). Ei-lo exposto em pedaços entre as presas dos elefantes de Cartago, em *Salambô*; no grito humano dos animais dilacerados por São Juliano; nas pálpebras fechadas e lívidas como conchas na cabeça decepada de São João Batista, em *Heródias*. O corpo em Flaubert é aquele de *As tentações* quando a Morte clama para a Luxúria de modo inebriante: "fecunda a minha podridão!"

Grosso modo, o erotismo flaubertiano compromete qualquer promessa de felicidade, pois é da mesma natureza da morte, parecendo condenar o homem a uma danação ainda pior do que ela. Este erotismo contém em seu âmago uma verdade trágica, horripilante, podendo ser traduzida nesta frase da Luxúria para a Morte: "o meu abismo é mais profundo". Tal sentimento de horror não é reservado a uma categoria de indivíduos, como em Sade, mas se estende a todo ser humano.

O que mais esperar da carne?

Enquanto escreve, Santo Agostinho adverte ao mesmo tempo contra o perigo da sedução da escrita e da concupiscência dos olhos, "esses olhos da minha carne". Como afinal evitar a disposição do olhar e da linguagem à volúpia? "Os olhos amam a beleza e a variedade das formas, o brilho e a amenidade das cores. Oxalá que tais atrativos não me acorrentassem a alma! Oxalá que ela só fosse possuída por aquele Deus que criou estas coisas tão belas!"[33]

Tal paradoxo tão bem assinalado pelo santo é, como se viu, o paradoxo de sua escrita recorrente a figuras e ornamentos, a todo esse conjunto de procedimentos que na antiga retórica desempenha a função conhecida como *elocutio*, a arte de colocar os argumentos do discurso em palavras.

Se a condição imanente da linguagem é essa, no confronto direto com o pensamento católico o problema parece insolúvel, já que sem a linguagem e seu poder sedutor estes religiosos dificilmente poderiam praticar sua fé e transmitir este conhecimento a outros.

---

[33] Idem, ibidem.

São justamente "a beleza e a variedade das formas" que almeja Flaubert descobrir e revelar.

No romance, o olhar tem função dupla de ação simultânea: ele produz as tentações e dá passagem a elas, de modo que não se sabe ao certo até que ponto elas invadem o eremita ou são projetadas por ele. Por isso o olhar, este sentido naturalmente disposto à volúpia, como afirma Agostinho, não apenas identifica o fenômeno das tentações, mas também o materializa no tempo e no espaço.

A volúpia do olhar é essencial, portanto, no trabalho do escritor com a língua. "Os olhos amam a beleza e a variedade das formas". Uma das ações mais frequentes do santo de Flaubert é fechar os olhos diante da evidência do poder das imagens tentadoras: "Basta, basta!". O eremita fecha os olhos para não reconhecer nas imagens seu próprio desejo, sua inevitável ruína.

Com a anuência dos olhos à visão, a adesão involuntária dos sentidos às imagens tentadoras, que é o reconhecimento de seu triunfo, todo esse aparato esmagador das resistências do santo acaba revolvendo os valores, pois os poderes do corpo parecem se impor de modo inapelável. Clemente proclama uma lei que sintetiza esta constatação: "A matéria é eterna". Segue-se o complemento do Gimnosofista: "... e o espírito, como o mais, não passa de ilusão."

De repente, nada mais é real para o eremita, nem mesmo os objetos concretos que o cercam: "... minha cabana, estas pedras, a areia, não têm, talvez, mais realidade. Estou ficando louco". Tudo o que está ligado a Antão e que no texto de Flaubert se ordena num "espaço santo", perde o sentido. Só restam as ilusões, a carne flutuante, rarefeita das imagens. Só restam as formas, sua variedade ao mesmo tempo bela e aterradora. "Não! Basta de formas! (...) À ideia pura!." Mas a "ideia pura" não se sustenta no mundo das tentações. Ela é uma ilusão do espírito. E neste contexto, são as ilusões da carne que importam.

As ilusões da carne são no fundo as ilusões da escrita metamorfoseadas nas imagens tentadoras. Ilusões de que depende a literatura e sob as quais ela funda sua lei e verdade. Nesse sentido, é mais verdadeira a escrita que produz dispositivos de sedução: os filtros amatórios do texto. Quanto mais sedutora a linguagem, seu uso das imagens, mais assustadoras e irresistíveis se afiguram as tentações para o personagem, como se a escrita de um servisse de tática expiatória para as culpas de outro. Flaubert explora esse jogo, criando propriamente uma linguagem para as tentações, na qual o terror do santo é a garantia de nosso deslumbramento, assim como sua ruína corresponde ao nosso júbilo. A carne execrada, o erotismo condenado à morte, parecem assim recuperar o sentido do prazer na relação do olhar com a linguagem.

Antão se ressente da ameaça que representam as tentações, ameaça constituída pela escrita. Antão renega, mas muitas vezes se submete a elas; vocifera, mas acaba compartilhando a ilusão. "Por que acontecem estas coisas? Todas brotam dos impulsos da carne. Ah, miserável!" Constatação terrível, pois além de denunciar suas fraquezas, seu pecado, a transgressão dos votos, reforça o poder ilusório das tentações, a vitória incontestável do mundo da sensualidade sobre o do espírito.

A certa altura, o eremita se vê diante de uma mesa de iguarias:

"A toalha de bisso, estriada como o toucado das esfinges, produz por si mesma luminosas ondulações. Por cima, veem-se grandes peças de carne vermelha, peixes enormes, aves emplumadas, quadrúpedes peludos, frutas de cor quase humana, tijolos de sorvete de creme e jarros de cristal violeta chispando reflexos. Antão descobre no meio da mesa um javali fumegando por todos os poros, as patas sob o ventre, de olhos semicerrados e a ideia de poder comer aquele animal formidável o regozija extremamente. Há ainda mais coisas que ele nunca viu, picados escuros, geleias douradas, guisados onde flutuam cogumelos como nenúfares nas lagoas, cremes batidos, leves e espumosos como nuvens."

Este trecho, que a tradução de Luís de Lima recupera tão bem para o nosso idioma, como aliás ocorre em todo o livro, mostra o quanto o deserto de Antão e a folha em branco de Flaubert se equivalem como lugar desse acontecimento: a irrupção da imagem em palavra, imagem visceral, poderosa, e seu encadeamento no sintagma, consagrando a materialidade da língua e sua erótica, sua *significância*, na acepção barthesiana do termo, ou seja, o sentido na medida em que produzido sensualmente.[34]

Desse modo, ao acionar a rede das imagens tentadoras, a escrita de Flaubert ativa ao mesmo tempo os dispositivos sedutores da linguagem. Eis uma das verdades do texto e de sua construção que pode ser comprovada pelo prazer que sentimos ao lê-lo.

A ruína do santo e o triunfo das tentações concretizam o ideal da escrita nesta obra de Flaubert. Este ideal, é preciso que se diga, não se cumpre sem levar em conta a aposta de que escrever é uma forma de transgredir: "Eu gostaria de escrever tudo aquilo que vejo, não tal como é, mas transfigurado. A narração exata do fato real mais magnífico seria impossível para mim. Eu precisaria antes *bordá-lo*".[35]

O "bordado" em Flaubert é essa operação da escrita na qual os objetos da visão (reais e imaginários) são transfigurados em seu encadeamento na frase, formando a rede das tentações que reverbera em nossos olhos.

As tentações do santo são efeitos de linguagem; efeitos que nos apanham na mesma rede de Antão, mas exigem ao mesmo tempo nossa cumplicidade no processo de ruína que ele sofre até o final do romance.

---

[34] Roland Barthes. *Le plaisir du texte*. Paris, Seuil, col. Points, 1973, p. 97.
[35] *Flaubert*, op. cit., p. 7.

Há momentos em que o eremita interfere nas imagens, toma parte nelas aderindo à rede das tentações. Ele intervém nas imagens como o sonhador no sonho. O poder das imagens é tanto que ele se torna também um de seus efeitos. "Antão encontra, um a um, todos seus inimigos"; mergulha no crime, degola, assassina, sem deixar de ser o que é. Eis "a vingança contra o luxo", luxo das imagens, da exuberância das formas. "... Sendo o homem espírito, deve se retirar das coisas mortais. Todas ações o aviltam. Gostaria de não tocar a terra nem com a planta dos pés!" O eremita continua recusando os sentidos do corpo. No entanto, nada que faça o livra do tormento das tentações. Nada que faça o coloca a salvo dos apelos carnais, das armadilhas do texto de Flaubert.

O discurso de Hilarião desmonta de vez a lógica do eremita. O santo é uma peça de pau oco. "... É o amor da tua carne que te reprime, hipócrita?" No fundo deleita-se com os prazeres da imaginação. É negando o corpo, através do eremita, que Flaubert o afirma. É renegando as tentações que o santo faz aflorar, na torrente das imagens, a carnalidade do texto. Enquanto renega o corpo, as tentações personificadas de diferentes maneiras o glorificam: "Trata de a exterminar (a carne) à força de devassidão", pedem os Nicolaitas, como se para eliminar o mal fosse necessário mergulhar em suas raízes. Ou ainda, conforme a súplica dos Patorianos: "Bebamos, comamos, forniquemos!"

Hilarião, heterônimo do diabo e da ciência, é a verdade de Antão, a verdade que ele não tolera, pois o reduz a nada: "Não vais calar a boca, víbora?" Hilarião personifica as tentações em discurso, conferindo-lhes uma estranha racionalidade.

Ao cair em tentação, o santo se penitencia, pois conspurcou o dom da fé, agraciado por Deus. A penitência é o castigo que o corpo recebe por haver se manifestado através do desejo. É a prática corretiva de mortificação corporal, as chamadas "aflições da carne".[36] À força do chicote, os sentidos exasperados devem ser de novo recalcados. No entanto, o eremita, ao flagelar-se, é exposto a mais esta contradição, pois acaba sentindo prazer nas chibatadas: "Que delícia! É como se fossem beijos. Meu íntimo se derrete! Morro!" Fala o corpo de Antão, parecendo triunfar de vez: a operação que visava corrigi-los, puni-los, é também encampada pelos dispositivos da volúpia. Eis o império da carne. O santo está perdido. O que lhe resta agora? Todo empenho visando a santidade foi em vão. E se no fundo de tudo não houvesse mesmo nada? Sem a garantia metafísica da graça divina, sem o conforto auspicioso da comunhão com Deus, o projeto da santidade perde todo o sentido: "Como? Minhas orações, meus soluços, os sofrimentos da minha carne (...) tudo iria dar a uma mentira... ao espaço..."

O sofrimento é vão na medida em que nada existe. O sofrimento, para o asceta, é a prova mais viva, posto que realizada na própria carne, de que está renegando a

---

[36] *Théologie et mystique*, op. cit., p. 72.

si mesmo, seu corpo, pelo outro, Deus, onde quer situar-se, ligar-se em espírito. Mortificar a carne para *nada*! Sua dúvida persiste, ele o diz com outras palavras: "então não haverá nenhuma recompensa?" O diabo responde: "Sem dúvida o mal é indiferente a Deus, visto a terra estar cheia dele!" O eremita fica diante de uma realidade atroz, contraditória em si mesma, absurda: "a ilusão é a única realidade".

Eis uma das razões pelas quais a escrita de Flaubert nos soa tão verdadeira. A escrita é o reino da ilusão por excelência, mas ao mesmo tempo é o lugar em que toda ilusão se torna real, materializando-se aos olhos do leitor. A escrita é propriamente o espaço das tentações, porque anima todo tipo de imagem, de fantasma, de utopia. As tentações do escritor geralmente são motivos de angústia, impasses, recusas, mas são no fundo o impulso subjacente a toda obra, como a cenoura que corre à frente do coelho, e que alimenta seu desejo, faz brilhar seus olhos e enche sua boca de saliva.

Ao final das *Tentações*, há o diálogo entre a Luxúria e a Morte, ambas famélicas de si mesmas, agentes de uma mesma causa: o erotismo. Eis o duplo aspecto do diabo: o espírito de fornicação e o espírito de destruição. O santo agora quer ser tudo, porque descobriu-se nada, tão insignificante quanto a areia do deserto que frequenta; quer finalmente "ser matéria!"

É certo que após tal afirmação ele se volta para as suas preces, em círculo perpétuo. Flaubert parece querer devolver o santo à sua "história"; afinal, ele não poderia deixar de ser o que nos passaram os relatos, este eremita que viveu mais de cem anos, boa parte deles no deserto, e, até o fim, no fervor das orações. Antão permanece o que sempre foi a despeito de tudo o que passou. Mas no romance ele serve para outra coisa. Ele é "sacrificado" pela escrita e seus demônios.

O Antão do romance, baseado numa personagem que provavelmente existiu, jamais deixará de ser outro, porque, a rigor, ele não é ninguém. É apenas uma máscara, um ser de linguagem como sua moringa, sua cabana e as imagens tentadoras, embora fundamental para o funcionamento do romance.

Ao declarar seu desejo em ser matéria, o personagem de Flaubert parece nos situar em relação a este elemento essencial que a escrita segrega em si mesma; este elemento que faz com que a escrita continue em outra. A prosa, acredita Flaubert, é infinita. Uma obra chama outra, assim como uma tentação leva à outra.

Às voltas com o tema recorrente da santidade, Flaubert registra com a pena da galhofa estas palavras: "Depois de Santo Antão, São Juliano; em seguida, São João Batista; eu não saio dos santos" (...) "Acho até que, a continuar assim, terei meu lugar entre as luzes da Igreja. Serei uma das colunas do templo".[37]

---

[37] *Flaubert*, op. cit., p. 138.

Lido em consonância às *Tentações de Santo Antão*, este comentário só pode soar irônico. No jogo de fundo e superfície estabelecido entre a escrita de um autor e seu sujeito, o que importa é sempre a primeira. "O escritor só deve deixar de si suas obras", diz Flaubert convicto. Certamente; é a obra que conta e as tentações que ele vence (quando não é vencido por elas), acima do bem e do mal, a despeito dos santos e demônios.

LA TENTATION
DE
SAINT-ANTOINE

(3ᵉ SÉRIE)

Texte de

GUSTAVE FLAUBERT

Frontispício do terceiro álbum de Odilon Redon *As tentações de Santo Antão* (1896).

REDON E FLAUBERT: TENTAÇÕES CRUZADAS NO SANTO ANTÃO

Denis Bruza Molino

Não deixaria de intrigar o leitor atilado o fato de se publicar a tradução de *As tentações de Santo Antão* de Gustave Flaubert com as ilustrações de Odilon Redon. Raramente tal cotejo se efetuou.[1] Decerto porque nem Flaubert era receptivo à ideia de que seus livros padecessem sob o lápis do desenhista nem Redon caracterizava seu ofício gráfico-literário segundo o designativo "ilustração". Indicia-se o paradoxo na relação dos dois e a indagação que daí emerge deve ser apreciada: haveria, acaso, numa publicação com esse caráter, algum contrassenso editorial, propondo, à revelia do escritor e do gravador, um encontro forçado?

Verifiquem-se os argumentos com que se desqualificava a ilustração. Flaubert a refuta nesses termos: "Nunca, enquanto viver, ilustrar-me-ão, pois a mais bela descrição literária é devorada pelo mais pífio desenho. No momento em que um tipo é fixado pelo lápis, ele perde esse caráter de generalidade, essa concordância com mil objetos conhecidos que fazem dizer ao leitor: 'eu vi isso' ou 'deve ser isso'. Uma mulher desenhada se assemelha a uma mulher, eis tudo. A ideia está desde então fechada, completa, e todas as frases são inúteis, ao passo que uma mulher descrita faz sonhar com mil mulheres. Portanto, sendo uma questão de estética, recuso toda espécie de ilustração".[2]

O argumento de Flaubert está calcado na oposição do descritivo literário que opera no genérico e na obtenção do vago à ilustração ruim que empalidece o motivo e o enrijece no contorno. O descritivo deve ter envergadura imagética, sendo o

---

[1] A singularidade desta publicação concerne ao fato de anteriormente as supostas ilustrações de Redon permearem edições de circulação restrita, destinada a colecionadores. Segundo consta, fez-se uma edição denominada *Les Amis de Redon*, em 1935, com 110 exemplares em que se reproduz o conjunto das litografias referentes a *Tentações*. Mal se passaram três anos e o notório *marchand*, Ambroise Vollard, empreendeu outra publicação de cerca de 200 exemplares. A edição Vollard contém litografias e xilogravuras anexadas ao texto. As xilogravuras foram executadas vinte anos após sua morte, a partir de desenhos.

[2] Carta de Gustave Flaubert a Ernest Duplan, de 12 de junho de 1862, v. IX de *La Correspondance*. Lausanne, Rencontre, 1965, p. 384.

leitor convidado a associar imagens e evocar objetos a partir da multiplicação do rastro pictórico do texto. Sua força reside na capacidade combinatória em dilatar ficções, em convocar o elemento onírico à cena mental do leitor.

Recusa-se o objeto ilustrado pelas restrições que produz, pois prescreve o imaginário do leitor reduzindo o lido ao visto. A linha nele operante encerra a ideia num contorno e comprime a fantasia do leitor, no que as inferências da urdidura descritiva ficam prejudicadas. Obstrui-se assim a fluidez da polissemia na estética flaubertiana.

Em Redon, a rejeição do ilustrador impõe-se assim: "Nunca empreguei a palavra defeituosa 'ilustrações', vocês não a encontrarão em meus catálogos. É um termo a se encontrar; vejo apenas os termos 'transmissão', 'interpretação', e ainda assim, eles não são exatos para dizer inteiramente o resultado de uma de minhas leituras passando em meus 'negros organizados'".[3] Os "negros organizados" concernem aos conjuntos litográficos impressos com o intuito de caracterizar álbuns. Dentre os treze que produziu, três foram dedicados ao Flaubert de *Tentações,* nenhum sendo apresentado sob a égide da ilustração. Elucida-se a natureza do trabalho no frontispício da segunda série: *Seis desenhos para a tentação de Santo Antão.* Ocorre pensar que os álbuns perfazem portfólio de gravuras como sendo interpretações ou transmissões. Grosso modo, assinalam a homenagem que o grafismo redoniano presta a Flaubert.

A noção de intérprete em Redon anula a de ilustrador em sua produção gráfica. Deve-se lembrar que o século de Redon, que é também o da gráfica industrial, restringiu a ilustração a mera reprodução. Neste contexto, destaca-se o mais ilustrado dos ilustradores: Gustave Doré. Suas ilustrações não se dissociam da literatura de escala industrial. Atendendo à demanda crescente do livro de ilustrações, o artista produzia uma obra que dezenas de gravadores executavam. Estes transferiam para o clichê em madeira o desenho esboçado por Doré com suas indicações de luzes e sombras. O gesto do desenhista se media na transcrição do gravador cuja habilidade estava em produzir na matriz gráfica.

O fato de Doré figurar no panteão dos ilustradores, não deriva certamente de empregar ele dezenas de gravadores, mas, por propor evidências no texto. Há sempre, em Doré, o emotivo do vedor enlaçado nas cenas saturadas, nas hipérboles descritivas. O artifício de Doré é adaptar o desenho à exigência literária suposta. Seu lápis trabalha à mercê das flexões da pena: o claro-escuro se entranha na cadência dos signos literários. A gráfica doreana se realiza como boa cortesã sempre aberta ao varão literário. Doré se associa como complementar à ilustração que reivindica a personalidade literária, devolvendo-a, supostamente investida de si, como matéria gráfica.

---

[3] Carta de Redon a André Mellerio, de 21 de julho de 1898, Roseline Bacou. *Odilon Redon.* Genève, Pierre Cailler éd., 1956, p. 51.

Já em Redon, a gravura é subsidiária do desenho a carvão: "Fiz [....] minhas primeiras litografias para multiplicar meus desenhos. E veja como a essa fonte primeira já falta grandeza".[4] Embora o procedimento seja similar à do ilustrador, ambos recorrendo ao expediente gráfico para multiplicar a imagem e fabricar as edições de álbuns,[5] o gesto de Redon difere no modo de operar na gravura: é ele mesmo quem transporta o desenho à matriz litográfica com recurso ao papel especial de transferência. Uma vez executada a transposição da imagem, esta, invariavelmente, reelabora-se na superfície calcária da pedra. Por isso, muitas pranchas são tributárias de desenhos já feitos.

O "regime gráfico", como Redon lhe chama, implica algumas considerações: o sentido "promíscuo", imprescindível ao ofício do ilustrador, nele não ressoa. O Redon-intérprete antagoniza o ilustrador, pois enquanto este descreve, nomeia, alumia texto, Redon é graficamente evocativo, e opera uma imagem com força de sugestão. Como Mallarmé, prescrevendo: "*Nomear* um objeto é suprimir três quartos do prazer no poema, que é feito da alegria de se adivinhá-lo pouco a pouco; *sugerir*, eis o sonho".[6]

Por conseguinte, as personagens de Flaubert não são, graficamente, plasmadas. No políptico de painéis litográficos em que se converteu *As tentações de Santo Antão,* Redon inventa tipos, o mais das vezes crepusculares, que assombram no papel na peia do claro-escuro. Os tipos gravados na pedra são proliferantes e não se enrijecem no delinear a personagem. A rainha de Sabá, por exemplo, é sutilmente interpretada no desenho encarvoado (figura II, p. 248) em relação ao tipo evocado em gravura na terceira série (prancha III, p. 49). Contudo, a diferença é acentuada relativamente à Rainha do primeiro álbum (prancha III, p. 47). Também, o desenho da Quimera do segundo álbum (prancha V, p. 195) anula-lhe o caráter em relação ao delineado na primeira série (prancha VII, p. 187). Resultado similar aparece no cotejo das efígies de Cristo (pranchas finais da primeira e terceira série, pp. 203 e 211).

---

[4] Carta de Redon a André Mellerio, de 21 de julho de 1898, Dario Gamboni. *La plume et le pinceau: Odilon Redon et la littérature*. Paris, Minuit, 1989, p. 307.

[5] A série de 1888 de *As tentações de Santo Antão* foi editado em Bruxelas, com tiragem de 60 exemplares. O segundo álbum, também com 60 exemplares, foi publicado em Paris. Já o álbum de 1896 apareceu com 50 cópias, também em Paris. Todavia, é necessário enfatizar que todos os álbuns foram publicados fora do livro de Flaubert, embora nenhuma das litografias deixasse de incluir na parte inferior a legenda extraída do texto. Aliás, são estas que estão transcritas junto às pranchas.

[6] Stéphane Mallarmé. "Réponses à des enquêtes", in *Igitur. Divagations. Un coup de dés*. Paris, Gallimard, 1976, p. 392.

Figura III: Mulher de perfil, *Odilon Redon (1840-1916), nanquim, 0,269 x 0,210 cm.*

Redon não executa litografia à maneira de Daumier, que ressalta principalmente como desenhista magistral. Mas, nada interpela da pedra daumieriana, senão a potência reprodutiva, ao passo que na gravura atribuída a Doré nem execução autógrafa há. Redon investiga propriedades na pedra em que a indagação do claro-escuro, primordial no desenho, adquire intensidade gráfica. Com efeito, distinto da imagem transplantada e da litografia instrumentalizada, a gravura de Redon ganha densidade diferente por variar a textura, operando grafismo vibrante, que se dilata em negros aveludados e brancos realçados. Em sua reflexão técnica, a matriz trabalhada, mais que suporte, é arena de combate com instrumentos estranhos aos usos oitocentistas da pedra. Redon inova a linguagem litográfica, mas, deve-se mencionar aqui seu pouco conhecido professor, o gravador Rodolphe Bresdin, com quem desenvolveu muitas pesquisas gráficas.

O ilustrador em Redon afunda no invisível, no qual seu desenho é arrojado: "Meu desenho tem por objeto a representação do invisível, com a lógica e a verdade do visível".[7] Enuncia-se aqui uma impossibilidade: Redon tropeça no firmamento. Pois, como não malograr quando se é tentado a figurar o não-figurável, representar o invisível? Sabe-se, contudo, que o desenho ascende ao invisível pelo visível. E a "lógica e a verdade" do visível corresponde à analogia com que se pode revestir ou contornar o indizível. Apartado dos ilustradores, Redon opera grafismo simbólico

---

[7] Carta não datada de Redon, Dario Gamboni, op. cir., p. 270.

no qual a imagem atua como casca ocultadora, e a tinta litográfica, como véu que cobre a pedra, em termos simbolistas. O desenho move-se por alegorias com as quais o invisível é revestido de visibilidade gráfica. O gesto na gravura é, principalmente, uma experiência singular de criação que reflete o esforço de transmissão do desenho. O invisível, por conseguinte, é a alma de onde seus avatares se projetam, metafóricos, portanto, matéria gráfica confluente no papel por manchas e arabescos. Assim, a gravura se sacraliza como modalidade essencial de tangenciar o mistério ao qual o espírito não tem acesso sem a mediação da imagem.

A noção de transmissão em Redon recusa a da ilustração na medida em que esta se afirma na transcrição da imagem: "Produzir é-me coisa fácil, mas a cópia me faz muito mal ou melhor dizendo, não me copio de forma alguma".[8] A ilustração, perseguindo a cópia, é, para o intérprete, exercício estéril, a ele extrínseco. Constitui-se com um trejeito, converte-se em macaqueação gráfica e, como tal, dissipa o desejo, apagando o gesto, primordial para a alma.

Litógrafo e escritor se avizinham naquilo que renegam: a restrição e a precisão imagética da ilustração. Contra esta, Flaubert arremata: "Seria inútil empregar tanta arte que deixasse tudo no vago, se um grosseirão vem demolir meu sonho por sua precisão inepta".[9] O adágio de Redon pouco dista do preceito flaubertiano: "Meus desenhos *inspiram*[10] e não se definem. Eles nos colocam, assim como à música, no mundo ambíguo do indeterminado".[11] Redon e Flaubert convocam suas artes para produzir atmosferas enigmáticas no papel. Eles tangem o mistério no lápis e na pena, com a ressalva de que grâmico e gráfico operam sequências distintas, travando combate com o dragão da determinação.

Enquanto o viso de Redon é musical, Flaubert se inclina ao pictórico. A rejeição flaubertiana da ilustração, sendo uma *questão estética*, identifica-se ao mister da invenção de imagens. Sua pena é convertida ao pincel: "É necessário fazer quadros, mostrar a natureza como ela é, mas quadros completos, pintar do alto a baixo".[12] Sabe-se da relevância de Brueghel em *A tentação de Santo Antão*, ou da gravura homônima de Callot, afixada no seu escritório quando redigia a sua. Considere-se, também, a objeção estética que o faz suprimir a cruz do céu na cena final: "1º a cruz é uma coisa feia, esteticamente falando. Sobretudo, quando não há suporte, quando é suspensa no ar".[13] Refira-se ainda, o livro de Creuzer sobre as religiões da Antiguidade: menos seu aspecto literário, pois dele Flaubert reteve o volume de

---

8   Carta de Redon a Octave Maus, de 25 de outubro de 1886. Idem, p. 284.

9   Citado por Suzy Levy, in *Lettres inédites d'Odilon Redon*. Paris, Librairie José Corti, 1987, p. 221.

10   Em itálico no original.

11   Odilon Redon. *À soi même. Journal 1867-1915*. Paris, Librairie José Corti, 2000, pp. 26-27.

12   Citado por Phillipe Hamon, in *La description littéraire. Anthologie de textes théoriques et critiques*. Paris, Éditions Macula, 1991, p. 150.

13   Citado por Claudine Gothot-Mersch, in Gustave Flaubert. *La tentation de Saint Antoine*. Paris, Gallimard, col. Folio classique, 1983, p. 37.

pranchas ilustrativas, às quais transcreveu na quinta parte do texto, no cortejo das divindades. Flaubert traça trajetória às avessas, pois inverte o trabalho dos artífices empenhados nas iluminuras: detém-se nas ilustrações, metamorfoseando-as em matéria literária.

Tentação de Santo Antão, *Jacques Callot (1592-1635), água-forte original, 50 x 37 cm.*

O escritor é um fabricador de imagens, um ardiloso exegeta do efeito pictórico. Ele dilata o texto com figuras de linguagem cujo efeito seja correlato à pintura, como "fazer ver", "colocar sob os olhos", "amplificar". A escritura flaubertiana, visando ao pictórico e, por conseguinte, ao instantâneo a este inerente, recorta os quadros antoninos no espaço-tempo de uma noite no deserto.

O interesse de Redon em *As tentações* reside nas imagens pintadas por Flaubert: "De pronto fui seduzido pela parte descritiva dessa obra, pelo relevo e a cor de todas essas ressurreições de um passado".[14] Curiosamente, Redon se interessa pelo

---

[14] Carta de Redon a Mellerio, de 21 de julho de 1898, in Dario Gamboni, op. cit., p. 184.

aspecto descritivo do livro, embora ele mesmo, em seu desenho, trabalhe contra a descrição, em favor de captar o inapreensível.

Na obra do gravador, o mistério elabora-se nas dobras: "O sentido do mistério é ficar todo o tempo no equívoco, em duplos, triplos, aspectos, suspeitas de aspectos (imagens em imagens), formas que vão ser, ou que serão segundo o estado de espírito do observador."[15] O equívoco é vincado tanto na mancha cujo realce transforma vultos em supostas representações quanto no esfumado sutil diluindo o figurado. Ou ainda, como aparece na quarta prancha da segunda série, as suspeitas de figuras emergem à diagonal, na profusão de linhas sinuosas que cingem a densidade do negro.

Redon faz do papel o suporte de projeção ambígua pelo minucioso trabalho de esmaecer o representado, tornando-o, entrevisto. A aparência equívoca é evocada, entre outras gravuras, no gimnosofista que se arvora à direita do tronco colossal que abarca a paisagem (terceira série, prancha VIII, p. 95). Bem como no claro-escuro, que mais do que produzir relevos, dilata os interstícios, ou mesmo desintegra o figurado. Isso se espreita, também, na efígie do Sacrossanto em perfil (terceira série, prancha I, p. 25), recortada por linha rígida, e, à medida que ascende ao alto da fronte, o contorno se desvanece concomitantemente com o esfumado que o recobre. O desespero de Antão rogando a Deus, mostra-o impassível: os lábios cerrados e os olhos elevados, eximem-se das fantasmagorias que se deixam entrever, como sugere Redon, à sua frente, na zona intermediária do claro-escuro, com o negro predominante na parte inferior e o branco reluzente aglomerando-se no canto superior direito.

Com os abalos alucinatórios do eremita na Tebaida, Redon produz seu políptico gráfico, cuja dimensão abrange, intermitente, os temas do fantástico latejantes em sua obra. Os painéis-pranchas expandem-se em três séries, perfazendo quarenta e duas litografias. O número é relevante, pois representa praticamente a quarta parte de sua obra litográfica.

Emaranhado no políptico litográfico, o Flaubert de *Tentações* articula-se de modo complexo, pois a um tempo não condiciona a forma do desenho, mas também não se situa no arbitrário. A relação litógrafo-escritor opera por sobreposição visionária, frequência na qual o imaginário de Redon tem a incandescência do Flaubert considerado pela crítica literária como "pré-simbolista".

Em *Tentações*, excetuando-se o protagonista, Flaubert não elabora personagens, pois estas adquirem formas nas miragens do anacoreta. Pode-se pensar que no aspecto errante das personagens, imantadas como tipos visionados por Santo Antão, resida a força imaginária de Redon em relação ao livro: "O que diria Flaubert daquilo

---

[15] Odilon Redon, op. cit., p. 100.

que seus escritos me sugeriram, ele que não desejava que se fizesse isso com seus textos? Teria ele compreendido que sua imaginação concedeu toda a sua audácia e seus recursos à minha?".[16]

Redon, intérprete de Flaubert, constituiu-se no ciclo de migrações da imagem como centelha visual crepitada do texto, e que se espraia à medida que o movimento do imaginário a envolve, e o artista, no gesto, a deforma; isso decorre não do simples abandono da componente descritiva considerada, mas pelos procedimentos poéticos empregados.

Na produção do fantástico redoniano preponderam dois procedimentos: a elisão e a justaposição de figuras. Na elisão, o conjunto se fragmenta e o pormenor é enfatizado por isolamento, deformação e expansão. Este procedimento, disseminado em álbuns anteriores, explicita-se no políptico: olho recortado, de contorno preciso, mas errático na atmosfera (primeira série, prancha IX, p. 201). O excerto flaubertiano: "Por toda parte chamejam pupilas", converte-se em desenho através de operação gráfica metonímica, em que o "por toda parte" é concentrado por Redon numa única pupila gigantesca que sobe a montanha.

A justaposição do verossímil e do inverossímil, denominada por Redon *fantasia permitida*, faz-se como agenciamento de pormenores. A fantasia é permitida por trabalhar na invenção do irreal, desde que as partes figuradas pertençam a qualquer ordem da natureza, orgânica ou inorgânica. O fantástico opera na contiguidade de pormenores, onde o invisível torna-se visível em virtude do estranhamento do conjunto, anulando a composição e a proporção, na medida em que as partes elididas não se fundem inteiramente. É a Quimera, na qual a forma do cavalo alado, embora imbricado no talo vegetal, a este não se assimila (primeira série, Prancha VII, p. 187), pois o jogo das massas luminosas torna difusa a unidade das partes.

A teratologia nas séries flaubertianas dilata a cartografia fantasmagórica presente em conjuntos anteriores, patenteando-se em As *origens*. "Quanto a Flaubert, foi o meu muito saudoso Émile Hennequin que me trouxe As *tentações de Santo Antão,* assim que viu As *origens*. Ele me disse que eu encontraria neste livro monstros novos".[17] No álbum As *origens*, Redon desenha uma forma animal mista cujos caracteres, efígie humana enlaçada em corpo marinho sinuoso, transformam-se em matriz inverossímil do políptico. A primeira que aparece, percute na *imago* do deus Oanes, cujos caracteres, assinalados no texto, Redon encontra (primeira série, prancha V, p. 135 e terceira série, prancha XIII, p. 139). Com isso o gravador amplia as possibilidades combinatórias do misto. A efígie se converte em olho (terceira série, Prancha XII, p. 137), ou mesmo desaparece pela inserção do negro (terceira série, Prancha XXI, p. 207). O corpo marinho transfigura-se até atingir o

---

[16] Carta de Redon ao colecionador Andréas Bonger, de 1º de maio de 1912, in Suzy Levy, op. cit., p. 219.
[17] Idem, p. 220.

indiscernível da forma, transitando do roliço ao ondulado, ou ainda, intensificado na helicoidal. No jogo da justaposição de formas mistas, as pranchas figuram muitos monstros e divindades do texto. Primeira série: pranchas VI (p. 185), VIII(p. 197). Segunda série: pranchas IV (p. 189), V (p. 195). Terceira série: pranchas IV (p. 83), XX (p. 193), XXII (p. 209). A isso, Redon acresce variante gráfica, explicitada no eixo vertical que se compõe do movimento espiralado. Segunda série: prancha II (p. 81), III (p. 183). Terceira série: pranchas XI (p. 131), XV (p. 149), XVIII (p. 181), XIX (p. 191).

Os comentários visuais de Redon conferem espacialidade à fala de Antão: "Tudo aquilo rodopiava rápido demais". Em meio às formas do invisível intensificadas nos desenhos, a Morte é a única a receber visibilidade nas três séries. Irrompe ela na ondulação brumosa que evoca a espiral por meio de réstias luminosas (primeira série, prancha VI, p. 185). No álbum de 1889, as áreas tratadas com claro-escuro se expandem. O dorso feminino opera na vertical que liga a cauda do vestido lívido, descrito por Flaubert, com a cabeleira esvoaçante (segunda série, prancha III, p. 183). Juntam-se aí duas das potestades tentadoras de Antão: a Morte e a Luxúria. Elas se expandem na série de 1896: o mesmo tema é tratado na velha, cuja mortalha escorre da cabeça deixando vislumbrar tremulações reluzentes à sua volta (terceira série, prancha XVIII, p. 181); esta velha se transforma na forma cadavérica (terceira série, prancha XIX, p. 191) ornada de toucado cuja tiras se enredam nos ossos e desabam em superfluidade luminosa. Risível, a Morte estende o braço à Luxúria e a engasta em torno do cotovelo. Esta, por sua vez, envolvida no recorte cintilante das pernas, sugere a espiral, delimitando-a em plano distinto à Morte. Presenteado com a segunda série, Mallarmé é arrebatado por esta litografia: "Mas meu caro, você visionou ali todo um mistério que ninguém entreviu. Eis-me, ainda estupefato com essa morte, esqueleto no alto, embaixo o enrolamento poderoso, como se o adivinha terminar".[18]

Embora o lápis de Redon jogue com os caracteres, certos tipos reincidem no políptico, migrando para a efígie de outro, em painel distinto. Assim, prefigura-se uma tipologia feminina, de perfil com olhar e face que revelam-se em projeção descendente: Helena-Eunoia (terceira série, prancha IX, p. 101) aparece reluzente como Cibele (terceira série, prancha XV, p. 149) e também no desenho em que Diana está circundada por seres monstruosos (figura III, p. 242). Da mesma maneira, a efígie frontalizada de Cristo, de traço rígido e olho cerrado (terceira série, prancha XXIII, p. 211) percute tanto no contorno fisionômico do deus Oanes (terceira série, prancha XIII, p. 139) quanto no desenho de Santo Antão (figura I, p. 249). Também, a biga com parelha de cavalos empinados, ascendendo na diagonal (primeira série, prancha I, p. 29) ressurge em movimento contrário

---

[18] Carta de Mallarmé a Redon, de 19 de dezembro de 1889, in Roseline Bacou, op. cit., p. 91

na queda abissal de Apolo (terceira série, prancha, XVI, p. 159). Incide, ainda, no desdobramento ou redobramento de motivo. Como a mortalha, que aparece revestindo a velha (terceira série, prancha XVIII, p. 181), modificando sua figuração nas gravuras sucessivas: o transbordamento das tiras é realçado no claro-escuro (terceira série, prancha XIX, p. 191). Já na prancha XX (p. 193), seu desenho é vaporizado pelo esfumado. Por fim, a mortalha dilata-se (terceira série, prancha XXI, p. 207), transmudada em figuras de protagonistas, os monstros marinhos.

Figura II: A Rainha de Sabá, *Odilon Redon (1840-1916), crayon e carvão, 0,460 x 0,420.*

Figura I: Santo Antão,
Odilon Redon (1840-1916),
nanquim, sanguina e carvão,
0,185 x 0,165 cm.

As legendas que subscrevem as pranchas, são indiretas, pois não visam a explicar o que se figura. A relação entre desenho e título é da ordem do equívoco: "A designação por um título colocado nos meus desenhos é, às vezes, demasiado, por assim dizer. O título apenas se justifica quando é vago, indeterminado, e visando mesmo, de modo confuso, ao equívoco".[19]

Na obra de Redon, a legenda vigora de modo similar ao desenho: provocando ambiguidades, produzindo incerteza. Mas isso leva à seguinte questão: se o sentido está em desviar-se do preciso, não teria eficiência maior suprimindo-se inteiramente as designações das pranchas, uma vez que o viso de Redon é mais melódico do que grâmico, e a legenda restringe o âmbito do figurado?

Decerto, o título não se propõe didático, menos ainda, enseja justificar o livro de Flaubert — que, aliás, refuta a ilustração ao explicar seu texto. A legenda redoniana recrudesce na via oposta, pois, com ela, pode-se estender o rastro do equívoco: o mistério visado no desenho expande-se quando a legenda embaça a imagem, recusando-se a justificá-la. O ardil de Redon é tumultuar a cabeça do espectador. Para tanto, faz operar a função disjuntiva da legenda à gravura, na qual o título alastra significações do desenho, ao multiplicar o dúbio. É, por isso que Redon

---

[19] Odilon Redon, op. cit., p. 26.

convida o vedor a participar, segundo sua atitude imaginativa, na reconstituição de operações ficcionais.

As legendas das gravuras da primeira série elegem excertos descritivos, ao passo que, no álbum de 1889, Redon escolhe passagens em primeira pessoa. Não se segue disso que o contorno do desenho se altere pelos movimentos do discurso flaubertiano, mesmo porque, tanto na forma dialogada quanto nas rubricas tende-se, não raro, ao descritivo e ao enumerativo. Mas, a descrição em *Tentações*, obedece, o mais das vezes, a mobilidade vertiginosa com que os objetos se sucedem na retina de Antão: é a *velha palmeira* que vira *tronco de mulher*; é o *pé de vento* que *se levanta cheio de anatomias fantásticas*; é o *vale* que *se transforma num mar de leite, imóvel e sem limites*.

O texto de Flaubert cintila na diversidade: o Sacrossanto *apaga a tocha* e vislumbra *na escuridão profunda* figuras que se multiplicam, se desvanecem, vertiginosamente: "Primeiro, um charco de água, depois, uma prostituta, a esquina de um templo, a figura de um soldado, uma parelha de cavalos empinados puxando uma biga". O efeito pictórico alcançado nessa justaposição de figuras, é por Redon delineado na prancha I (primeira série, p. 29) da primeira série.

O mais das vezes, os títulos das gravuras captam temas concernentes ao inverossímil, evidenciado tanto no teratológico de "olhos sem cabeça flutuavam como moluscos" (terceira série, prancha XII, p. 137) quanto passagens que ressaltam as divindades, principalmente da quinta e da sétima partes do livro. Os dois segmentos aglutinam dois terços do conjunto litográfico do políptico. Redon retém, também, da obra de Flaubert, excertos indiciando o genérico e o vago como explicitados nas legendas: "por toda parte chamejam [....]" (primeira série, prancha IX, p. 201); "surge toda espécie [....]" (primeira série, prancha VIII, p. 197); "em toda parte se veem [...]" (terceira série, prancha II, p. 39) e "povos diversos vivem [...]" (terceira série, prancha XXII, p. 209).

A isso se acresce a recolha de trechos convergentes com o mistério. Ora assinalando "sombra" diretamente na legenda: "na sombra, gente chora e reza [....]" (terceira série, prancha V, p. 87), ora, as legendas que remetem ao visionado na sombra pelo anacoreta. Isso ocorre quando Antão fita a sombra que se projeta à sua frente e o faz gritar: "Socorro, meu Deus" (terceira série, prancha I, p. 25). Ocorre também, quando o Sacrossanto visiona "numa grande sombra, franjada por outras sombras projetadas ao chão", a figura do diabo (primeira série, prancha II, p. 33). O misterioso está, ainda, na deusa Ísis, cujo véu lhe oculta a efígie (terceira série, prancha XV, p. 149).

Às vezes, com o políptico convergem fragmentos descritivos que são aderentes ao repertório iconográfico redoniano. Em vez de o lápis alumiar a escritura, é esta que acaba por ilustrar seu desenho. O texto opera a amplificação do motivo gráfico. Assim, Redon acolhe a descrição de Flaubert: "e descobre uma planície árida e ondulada, como as que se veem em volta das pedreiras abandonadas" (terceira série, prancha VI, p. 89). Nesta litografia, o gravador reelabora um tema que muito executou na juventude: ampla planície, montanhas no fundo, visitada por cavaleiros. Este motivo apareceu gravado em água-forte no período em que Redon se instruiu com Bresdin. Na litografia, Redon trabalha o desenho com uma fatura simplificada, subtraindo nitidamente os contornos, excessivos, que aparecem na chapa de cobre, apagando os referidos cavaleiros, provavelmente, ausentes da descrição de Flaubert. Dessa forma, a montanha e a planície, adquirem transparência e leveza gráfica em relação às águas-fortes da juventude.

Finalmente, a potência imagética do políptico reside em sua elasticidade na projeção de iconografia que transcende seus painéis. O frontispício do álbum de 1888, por exemplo, reelaborado no claro-escuro, ressurge no ano seguinte como frontispício do livro *Les Chimères*, do simbolista belga Jules Destrée. Também, a figura feminina de perfil, à qual o texto identifica uma prostituta (primeira série, prancha I, p. 29), reaparece em água-forte de 1891 consoante o curioso título, "Perversité". Ainda, a efígie de Santo Antão (terceira série, prancha I, p. 25) se reacende na figura de São João, em álbum de 1900, e que trata do Apocalipse.

Certos motivos gráficos são igualmente revisitados em pinturas, pelo que o austero lápis litográfico e os acúmulos acinzentados de manchas explodem em cores contrastantes e pinceladas acentuadas. Dessa feita, *A morte*, de 1889 (p. 183), revive na *Morte verde*, de 1905; obra que estampa a capa desta reedição de *Tentações*.

NOTA DOS EDITORES

Com o intuito de facilitar o cotejamento entre o texto de Gustave Flaubert, as litografias de Odilon Redon e o posfácio de Denis Bruza Molino, reproduzimos abaixo, as frases que acompanham as gravuras, indicando a série e ano que foram gravadas, e seu lugar nesta edição.

PRIMEIRA SÉRIE (1888)

Frontispício do primeiro álbum de *As tentações de Santo Antão*. [p. 213]
...uma parelha de cavalos brancos empinados puxando uma biga..., [Prancha I, p. 29]
E o diabo... — como um morcego gigantesco amamentando filhotes — Os Sete Pecados capitais. [Prancha II, p. 33]
... e uma grande ave, descendo do céu, vem pousar no alto de seu penteado... [Prancha III, p. 47]
... e segura um vaso de bronze... [Prancha IV, p. 99]
Em seguida, aparece um ser singular com cabeça de homem e corpo de peixe... [Prancha V, p. 135]
É uma caveira coroada de rosas que paira sobre um tronco de mulher de uma brancura nacarada. [Prancha VI, p. 185]
... a Quimera, de olhos verdes, volteia, ladra... [Prancha VII, p. 187]
E surge toda a espécie de animais pavorosos... [Prancha VIII, p. 197]
... Por toda parte chamejam pupilas... [Prancha IX, p. 201]
Enfim, o dia nasce... [Prancha X, p. 203]

SEGUNDA SÉRIE (1889)

Frontispício do segundo álbum de *As tentações de Santo Antão,* [p. 15]
Santo Antão: *... através dos longos cabelos que cobriam sua face, me pareceu reconhecer Amonaria...* [Prancha I, p. 21]
... uma grande crisálida cor de sangue... [Prancha II, p. 81]
Morte: *Minha ironia ultrapassa todas as outras!...* [Prancha III, p. 183]
Antão: *Deve haver, em algum lugar, figuras primordiais, cujos corpos não são mais do que imagens...* [Prancha IV, p. 189]
Esfinge: *... e o meu olhar, que nada o desvia, se conserva fito através das coisas, num horizonte inacessível /*
    Quimera: *Enquanto eu sou livre e jovial...* [Prancha V, p. 195]
Os Ciapodes: *... A cabeça o mais baixo possível, eis o segredo da felicidade!* [Prancha VI, p. 199]

TERCEIRA SÉRIE (1896)

Frontispício do terceiro álbum de *As tentações de Santo Antão*, [p. 237]
Santo Antão: *Socorro, meu Deus!* [Prancha I, p. 25]
Em toda parte se veem colunas de basalto... A luz cai das abóbadas... [Prancha II, p. 39]
A Rainha de Sabá: *... Meus beijos têm o sabor de um fruto...* [Prancha III, p. 49]
... caem flores, e surge a cabeça de um píton... [Prancha IV, p. 83]
... na sombra, gente chora e reza, assistida de outra gente que os exorta... [Prancha V, p. 87]
... e descobre uma planície árida e ondulada... [Prancha VI, p. 89]
Tira do peito uma esponja negra que, depois do beijar muito, atina para o meio das pedras... [Prancha VII, p. 93]
O Gimnosofista: *... mergulhei na solidão. Morava na arvore atrás de mim...* [Prancha VIII, p. 95]
Helena (*Enoia*) [Prancha IX, p. 101]
Logo em frente deles surgem três deusas... [Prancha X, p. 127]
Buda: *... Inteligência foi minha! Eu me tornei o Buda!* [Prancha XI, p. 131]
Oanes: *... e olhos sem cabeça flutuavam como moluscos...* [Prancha XII, p. 137]
Oanes: *Eu, primeira consciência do caos, surgi do abismo para endurecer a matéria, para regular as formas...* [Prancha XIII, p. 139]
O mais velho do bando: *Eis aqui a boa deusa que gerou as montanhas...* [Prancha XIV, p. 143]
Ísis: *... Eu sempre serei a grande Ísis! Ninguém ainda me levantou o véu! Meu fruto é o sol...* [Prancha XV, p. 149]
... cai no abismo, de cabeça para baixo... [Prancha XVI, p. 159]
Antão: *Qual é o fim de tudo isto?* / Diabo: *Não há nenhum fim!* [Prancha XVII, p. 173]
A Velha: *... O que receias? Um grande buraco escuro? Talvez esteja vazio?* [Prancha XVIII, p. 181]
Morte: *Sou eu que te dou seriedade. Vamos nos abraçar!* [Prancha XIX, p. 191]
Antão: *... Eu próprio algumas vezes avistei no céu como que formas de espíritos.* [Prancha XX, p. 193]
... redondos como odres, chatos como lâminas... [Prancha XXI, p. 207]
Os Monstros Marinhos: *Povos diversos vivem nos países do oceano...* [Prancha XXII, p. 209]
... e no próprio disco do sol, resplandece a face de Jesus Cristo... [Prancha XXIII, p. 211]

**CADASTRO
ILUMI/URAS**

Para receber informações sobre nossos lançamentos e promoções, envie e-mail para:

cadastro@iluminuras.com.br

Este livro foi composto em *Garamond* pela *Iluminuras* e terminou de ser impresso nas oficinas da *Meta Brasil Gáfica*, em Cotia, SP, sobre papel off-white 80 gramas.